BÜZZ

Publisher ANDERSON CAVALCANTE
Editoras SIMONE PAULINO, LUISA TIEPPO
Assistente editorial JOÃO LUCAS Z. KOSCE
Projeto gráfico ESTÚDIO GRIFO
Assistentes de design FELIPE REGIS, NATHALIA NAVARRO,
STEPHANIE Y. SHU
Revisão ELENA JUDENSNAIDER, ANTONIO CASTRO

Imagem de capa MARIANA SERRI
Da Série *A Sexta Extinção (Bandeira)*, 2019–2020.
Óleo e cera sobre tela. 40 × 30 cm.
Fotografia: Sergio Guerini

Dados Internacionais de Catalogação na Publicação (CIP)
de acordo com ISBD

Minev, Ilko
Onde estão as flores? / Ilko Minev
São Paulo: Buzz Editora, 2021.
256 pp.

ISBN 978-65-86077-82-7

1. Literatura. 2. Romance. I. Título.

CDD 800
2020-2856 CDU 8

Elaborado por Vagner Rodolfo da Silva – CRB-8/9410
Índices para catálogo sistemático:
1. Literatura 800 2. Literatura 8

Buzz Editora Ltda.
Av. Paulista, 726 – mezanino
CEP: 01310-100 – São Paulo, SP
[55 11] 4171 2317 | 4171 2318
contato@buzzeditora.com.br
www.buzzeditora.com.br

Onde estão as flores?

Ilko Minev

Este livro é uma homenagem aos meus pais, Mincho e Eva, e aos meus tios Licco, Berta e Babushka, além de ao saudoso Samuel Benchimol, que me apresentou aos mistérios da Amazônia. Tenho muita saudade de todos eles.

O mundo como eu o conheci

No outono da minha vida, antes que as doenças e a senilidade me calem, sinto necessidade de contar e de transmitir lembranças e lições que acumulei em mais de 90 anos. Levei bastante tempo para me convencer de que era importante registrar essas memórias, exortações e recomendações para filhos, netos, bisnetos e todos que queiram saber um pouco mais desses exemplos do passado. A esperança é que um dia, ao ler este relato, lembrem-se de mim com saudade, orgulho e gratidão. Estou certo de que Berta teria apoiado com entusiasmo essa decisão.

Tenho muita urgência, temo que algum imprevisto não me deixe concluir esta tarefa. Nos últimos anos, senti minha saúde deteriorar, já não consigo ser a pessoa forte e independente que fui. Perdi grande parte da mobilidade. Meu carro, que dirigia até pouco tempo atrás sem problemas, agora enferruja na garagem, sem uso. Não me sinto seguro ao volante e também não quero contratar um chofer. Felizmente há sempre alguém por perto para me ajudar quando necessito, e os familiares me visitam todos os dias. Sou muito grato, em especial aos meus netos e bisnetos, que poderiam se ocupar com coisas mais agradáveis.

Sempre gostei muito de viajar, mas nos últimos tempos, por causa da dificuldade de locomoção, não tenho o mesmo prazer e prefiro ficar em casa.

Graças a Deus, ainda estou lúcido e enxergo bem. Minha memória funciona perfeitamente e sinto que ainda não sou um grande peso para a minha família. Leio bastante e assisto à televisão – assim minha vida ainda tem algum sentido. Declinei todos os convites para morar na casa da Sara, minha filha, ou de Daniel, meu filho. Foram convites sinceros, mas me fariam infeliz e afetariam minha independência. Minhas economias e a valorização imobiliária desenfreada dos últimos anos me deixaram em situação privilegiada, e não necessito de ajuda financeira. Não sou um homem rico, mas posso me permitir uma vida bastante confortável. Na minha idade, isso é uma bênção.

Até aqui, meus filhos foram compreensivos e me deixam bem à vontade na nossa casa antiga, onde também mora a Terezinha, empregada há mais de trinta anos, ainda da época da Berta. Ela sabe tomar conta da casa e de mim direitinho. Somos nós e o Quilate, meu pastor alemão, que, embora velho como eu, continua sendo meu melhor companheiro e protetor – nem parece um cachorro. Ele dorme no terraço, ao lado do meu quarto, e coitado daquele que se aproximar sem ser convidado.

Há alguns meses as coisas melhoraram com a decisão da Rebeca, a caçula, de vir morar comigo enquanto faz faculdade. Com ela por perto, meus dias são mais alegres. Assim como a mãe dela fazia vinte anos atrás, Rebeca me dá atenção e carinho, em especial nos longos e chuvosos dias do quente inverno amazônico.

Quase não tenho vizinhos. As residências do centro de Manaus, uma por uma, foram se transformando em comércio. Pela proximidade das lojas e dos prédios comerciais, a família toda usa minha casa como estacionamento quando vem para a região – são visitas extras que acabo recebendo. Nessas ocasiões, conversamos muito, discutimos as últimas notícias e conto as minhas histórias intermináveis até me sentir exausto.

Não raro, fico frustrado pelos jovens saberem tão pouco do passado. Parece que não se lembram dos fatos históricos de apenas alguns anos atrás. Ainda recentemente, conseguia conversar sobre isso com meus amigos. Um por um, eles se foram, deixando muitas saudades e um imenso vazio. Faz pouco tempo que perdi meu companheiro de xadrez, e, por último, ironicamente, sucumbiu até meu médico, quase vinte anos mais novo que eu.

Enfim, tenho pressa porque sei que, na minha idade, resta pouco tempo, e tenho plena consciência de que, com o passar dos anos, minhas memórias vão ficar mais distantes; fatos graves, irrelevantes, e velhos enganos voltarão a ser cometidos, como numa ciranda interminável. Vivi anos turbulentos, difíceis mesmo. E um cidadão comum paga um preço alto pelas omissões e pelos erros do passado. Tive sorte, sobrevivi, enquanto muitos ficaram pelo caminho. Pela memória deles, em especial do meu amigo Salvator, de quem ainda sinto saudades, me vejo obrigado a fazer este testemunho. Espero que meus descendentes leiam, recordem, aprendam e se sintam orgulhosos do meu passado. Meu desejo é que assim seja mais fácil enfrentar com sabedoria, entusiasmo e responsabilidade os desafios que terão.

Quero contar da melhor forma possível os acontecimentos que presenciei antes, durante e nos anos que se seguiram à Segunda Guerra Mundial. Talvez tudo isso contribua para que aqueles longos e tenebrosos anos nunca sejam esquecidos e que a dor e o sofrimento não tenham sido em vão. Já é tempo de aprendermos com as lições do passado e impedirmos que a ideologia, a economia, questões raciais, étnicas, religiosas ou de qualquer outra espécie justifiquem ditaduras, campos de concentração, holocaustos, torturas e outros crimes contra a humanidade. É triste, mas a história mostra que candidatos para tais crimes sempre existiram e não faltam agora. É por isso que acredito que alguns dos meus ensinamentos são importantes.

Quero contar também a parte que conheço bem da história recente da Amazônia, que me acolheu na fuga da carnificina europeia e se tornou um lar e minha paixão. Tal história continua a ser escrita nos dias de hoje, já que partes do imenso vazio demográfico são ocupadas cada vez mais rápido e a fronteira agrícola avança.

Não sou historiador, sociólogo, nem antropólogo. Por isso, tenho poucas pretensões. Vou contar como vivi desde 4 de março de 1944, dia em que cheguei a Belém, porta da Amazônia, por força do destino e por puro acaso. Lembro bem que a primeira sensação foi a de ter aterrissado em outro planeta, tal era a diferença entre o mundo de onde vinha e o novo que então passava a habitar. Não podia imaginar que viveria ali o restante da minha vida e me apaixonaria pela região, onde os desafios, embora difíceis, seriam de natureza tão diferente.

Eis a minha história.

Bulgária

Nasci em 5 de março de 1920, na capital da Bulgária, Sofia. Para homenagear o meu bisavô, os jovens Rebeca e Daniel Hazan, meus pais, decidiram dar ao primogênito o nome de Licco. Minhas primeiras lembranças são de 1925, quando uma grande explosão mandou pelos ares a igreja Sveta Nedelja, bem no centro da cidade. Fora um ato terrorista, tentativa de matar o czar Bóris III, que teve sorte: ainda estava a caminho, e nada sofreu.

Morávamos muito próximos da praça central e assistimos àquela gente ensanguentada ser levada para os hospitais. Fiquei tão impressionado que por anos a fio essa cena e o estrondo da explosão se repetiam em meus pesadelos. Como é comum em atos terroristas, muitos inocentes morreram nesse atentado. A violência contrastava com o clima provinciano da pequena capital.

O início do século XX não era a melhor época para iniciar a vida naquela parte do mundo. Minha breve infância e juventude não foram nada fáceis, como também não foi a história do meu país. Em 1878, após a libertação do jugo otomano, com decisiva ajuda da Rússia, a Bulgária passou por uma fase turbulenta, causada, em boa parte, pelo delírio de governantes que queriam restaurar a nação grande e poderosa de seiscentos anos atrás, antes de ter sido derrotada e escravizada pelos otomanos. O novo país emergiu com a assinatura dos tratados de San Stefano e de Berlim, ambos avalizados pelas potências mundiais de então: Rússia, Áustria-Hungria, Alemanha, França e Inglaterra, que travavam um duelo silencioso por influência naquele canto da Europa. A Bulgária, que ocupava a parte central e estratégica dos Bálcãs, era muito importante nessa disputa.

A concorrência por territórios da Macedônia e da Trácia Oriental deu origem a vários conflitos entre Bulgária, Grécia, Sérvia, Montenegro e Turquia. Esquecendo as desavenças, em 1912 os quatro países da Península Balcânica se uniram contra o Império Otomano, com a clara ambição de conquistar os últimos domínios turcos na Europa ocidental. Estourou então a Guerra dos Bálcãs, na qual a Bulgária se manteve vitoriosa até o momento da partilha dos territórios conquistados.

Em 1913, Sérvia e Grécia formaram uma nova aliança, dessa vez contra a Bulgária. Por fim, o Império Otomano contra-atacou, e até a Romênia tomou posse de parte do nosso território. Perdíamos a guerra, com todas as consequências amargas disso. O país derrotado se aliou, então, à Alemanha e à Áustria-Hungria e se lançou na Primeira Guerra Mundial, em 1914, com claras intenções revanchistas contra os vizinhos.

Derrotado também na Grande Guerra, Ferdinand, o então rei da Bulgária, foi forçado a abdicar em favor do seu filho, Bóris III. Essa sequência de fracassos obrigou-nos a entregar a costa no mar Egeu para a Grécia. Perdemos quase toda a Macedônia para o novo estado da Iugoslávia e ainda tivemos que devolver o celeiro, Dobruja, para os romenos. Em ruínas, o país ainda tinha de lidar com enormes reparações de guerra devidas aos vizinhos, além de abrigar as ondas de irmãos refugiados recém-chegados dos territórios perdidos.

Como se não bastassem as duas guerras que devastaram a Bulgária, o mundo mergulhou numa grande recessão em 1929, prolongando o caos político e a derrocada econômica no país por mais de uma década. Poucos anos depois, em 1939, eclodiu a Segunda Guerra Mundial, o pior e mais sangrento conflito que o mundo conheceu em toda sua história. Foram anos difíceis, que deixaram marcas profundas em minha vida. Apesar da imprudência e da falta de bom senso dos políticos, grande parte da população búlgara aprendeu muito com o sofrimento daquele período: tornou-se liberal e tolerante, abraçando valores éticos raros até nos países mais desenvolvidos. Olhando para trás, percebo que o cidadão búlgaro comum daquela época demonstrava o discernimento e a sabedoria que faltava a seus líderes.

A população conseguia reunir diversos grupos étnicos minoritários – turcos, judeus, armênios e ciganos – todos vivendo em relativa paz e harmonia com a maioria búlgara. A essa diversidade étnica e à proximidade com o Mediterrâneo devem-se a magnífica cozinha búlgara, especializada em uma infinidade de pratos de carne de carneiro, riquíssimas saladas, queijos e iogurte. Além disso, é terra de vinhos exclusivos, produzidos a partir de uvas raras, típicas da região, e que remontam à antiga civilização dos trácios.

Na praça central da capital, havia – e ainda há –, quase lado a lado, uma magnífica igreja ortodoxa cristã, a Sveta Nedelja, e uma mesquita. Não muito distante, havia também uma grande e bonita sinagoga, que até hoje é o maior templo sefaradita da Europa. Em tantos anos de vida não conheci outra cidade europeia que apresentasse tamanha diversidade e tolerância religiosa.

Por motivos financeiros, precisei abandonar a escola e trabalhar muito cedo. Menino judeu criado pelo avô, perdi minha mãe quando tinha 2 anos, durante o parto do meu único irmão, David. Meu pai se foi nove anos depois, em 1932. Ele sucumbiu a um mal súbito, um provável ataque cardíaco, após falir e perder tudo em consequência da recessão que ainda assolava o mundo. Àquela altura da vida, era um homem amargurado, que nunca havia superado a morte abrupta da esposa. Perder o negócio que sustentava os filhos foi demais para aquele homem gentil. Guardo-o com muito carinho na memória.

Interrompi os estudos na escola alemã, uma das melhores da cidade, logo depois de ler, fluentemente, longos trechos da Torá em hebraico antigo no meu Bar Mitzvah, a cerimônia de confirmação e maioridade que nós, judeus, celebramos aos 13 anos, marcando a integração do menino à sua comunidade. Ainda naquela tenra idade, fui trabalhar como ajudante e aprendiz de mecânico numa oficina de automóveis de um conhecido do meu avô.

No ambiente familiar, favoreceu-me bastante o fato de ter aprendido com meus parentes a língua dos judeus sefaradita, conhecida como ladino. Esse espanhol antigo, ainda do tempo de Cervantes, cultivado pelos judeus expulsos da Península Ibérica pela Inquisição no final do século XV, revelou-se muito útil mais tarde pela semelhança surpreendente com a língua portuguesa falada no Brasil.

Da escola permaneceram a língua alemã, o hábito de ler, o senso de responsabilidade e pontualidade e alguns conhecimentos gerais que muito me ajudaram na vida. Falar alemão fluente era fundamental na primeira metade do século XX. A cultura alemã era muito importante na Bulgária de então, difundida e apreciada por uma parte substancial da elite.

Naquele tempo, a Bulgária se dividia entre russófilos e germanófilos, tanto na política quanto na cultura e na preferência popular. Além dos entusiastas da cultura alemã, havia uma parte da população que era admiradora da Rússia, país libertador do jugo otomano de quinhentos anos de duração. Além disso, os russos usavam o mesmo alfabeto cirílico e eram eslavos, como a maioria da população búlgara. As línguas búlgara e russa são muito parecidas, ainda que distintas. A religião ortodoxa cristã também era muito semelhante, mesmo preservando diferenças em cada país. Havia provas de gratidão, amizade e admiração pela Rússia por todo o lado.

Este era o cenário búlgaro e estas as forças políticas: de um lado, o governo fascista germanófilo e, do outro, os simpatizantes à Rússia. Às vésperas do grande confronto iniciado em 1939, nós, jovens búlgaros, não nos dávamos conta de que se aproximava, com velocidade de trem desgovernado, uma catástrofe mundial.

Quando jovem, na segunda metade da década de 1930, gostava de desfrutar das paisagens búlgaras no verão e fazer longos passeios nas montanhas que cercam Sofia. No inverno, praticava esqui na neve. Grande parte dos meus amigos e companheiros nessas atividades eram búlgaros, cristãos ortodoxos, e a nossa convivência era a melhor possível. Na Bulgária, viviam pouco menos de cinquenta mil judeus, quase 1% da população total. Em geral, éramos bem tratados e muito bem aceitos pela grande maioria e, para todos os efeitos, nos sentíamos búlgaros, amávamos o país e nos orgulhávamos da sua cultura milenar. O antissemitismo existia, é verdade, mas não da mesma forma nem com a intensidade que em outros países da Europa.

Depois de quase dois anos como aprendiz na oficina, tornei-me um mecânico dos bons, bastante requisitado pelos ricos proprietários de automóveis. Conseguia ganhar o suficiente para manter meu irmão na escola e ajudar meu avô na manutenção do nosso pequeno lar. Estava orgulhoso de mim mesmo e com confiança no futuro.

Quando meu pai faleceu, vovô Elia estava há muito tempo com a saúde abalada, consequência dos anos nas trincheiras durante a Guerra dos Bálcãs e a Primeira Grande Guerra. Mesmo nas primeiras lembranças que tenho dele, vovô já mancava e se queixava de fortes dores reumáticas, principalmente no inverno. Para nossa sorte, ele tinha herdado dos nossos bisavós um bom apartamento e uma loja bem localizada. Nossa avó, de família abastada, tinha deixado algumas joias valiosas. Pouco antes de morrer ele vendeu tanto as joias quanto a loja e, assim, pagou boa parte das dívidas do papai. E ainda sobrou algum dinheiro, que ajudou a nos sustentar por mais um tempo.

Por causa dos ferimentos de guerra, havia bastante tempo que vovô estava impedido de trabalhar. Em compensação, por ser um homem muito respeitado, religioso e bem educado, era bastante popular nos meios artísticos e amigo de muitos escritores e jornalistas. Lembro-me bem da indignação dele com as perseguições promovidas em represália ao ataque contra o czar Bóris. O atentado serviu como pretexto para o governo se livrar de vários intelectuais críticos ao regime, alguns deles conhecidos do vovô. Escritores famosos, como Joseph Herbst e Geo Milev, entre muitos outros, simplesmente sumiram nos porões da polícia enfurecida em busca de vingança. Hoje entendo que aquele era um prenúncio das barbáries que os fascistas búlgaros iriam cometer nos anos que se seguiram.

Como meu avô sabia rezar com fluência e era um ótimo cantor, conseguia complementar seus rendimentos como *hazan* na sinagoga. Ele dizia que a arte de cantar era tradição na família, desde quinhentos anos antes na cidade de Toledo, e que a este dom devemos nosso nome.

Nem a longa enfermidade seguida da morte do vovô, de abençoada memória, em 1938, abalou minha confiança no futuro. Eu já tinha 18 anos e meu irmão David, 16. Já éramos maduros o suficiente para enfrentar a vida, tínhamos herdado do nosso avô uma moradia bastante confortável e, mesmo não tendo uma família próxima, recebíamos bastante carinho dos amigos, vizinhos e parentes mais distantes.

Tudo melhorou ainda mais quando, um dia, um senhor já de idade, alto, magro e elegante, chegou à nossa oficina num automóvel grande e vistoso. Eu o via às vezes na sinagoga e nas grandes festas judaicas. Era conhecido como homem rico, que ganhara muito dinheiro com o comércio de tabaco. Havia ouvido falar que era um homem bom e justo e que, embora não muito religioso, ajudava os pobres, tratava bem seus funcionários e contribuía sempre com as causas comunitárias. Era da família Farhi, mas não sabia o primeiro nome dele. Esperei que iniciasse a conversa, imaginando que o motivo da visita fosse algum conserto no automóvel. Ele me cumprimentou e foi direto ao assunto:

– Meu nome é Leon Farhi e sou o novo proprietário desta oficina.

Ficamos em silêncio, sem saber o que dizer. A equipe era pequena, formada por mais um mecânico e um ajudante. Nosso chefe, o dono da oficina, era amigo do meu falecido avô e estava doente havia meses. Sofria de tuberculose e já tinha entrado na fase terminal da doença, pelo que se comentava. De certa maneira, a venda da oficina não era uma surpresa, mas permanecemos em nervoso silêncio enquanto o novo dono examinava as dependências do pequeno prédio. Para alívio de todos, ele logo continuou:

– Agora esta oficina faz parte da American Car Company e vocês, se assim desejarem, serão os mais novos funcionários.

Respiramos aliviados, ainda zonzos com a novidade.

– Vocês já devem saber que a American Car Company representa a General Motors e sua divisão europeia Opel, na Bulgária – continuou.

Sem dúvida, sabíamos. A novidade era o senhor Farhi ser dono de mais esse negócio. Na verdade, já tínhamos prestado alguns serviços à American Car Company, que não ficava muito longe da nossa oficina. Era a melhor do ramo em Sofia, e naquele dia, pensei, havíamos tirado a sorte grande. Não só havíamos preservado o emprego, como nos tornáramos funcionários de uma firma sólida e de muito renome.

– Senhor Licco Hazan, caso aceite a proposta, você fica como novo gerente por enquanto. Foi uma sugestão do antigo dono, senhor Lazar. – Farhi continuou olhando para mim. – A American Car vai contratar mais mecânicos e melhorar os salários de todos que continuarem conosco. Mesmo assim, se for aprovado após três meses de experiência, o senhor terá ainda outra revisão de contrato.

De fato, eu tinha assumido o cargo de gerente havia alguns meses, desde que o senhor Lazar parara de trabalhar, mesmo sem ter sido oficialmente promovido. Por um momento, queria ser beliscado para ter certeza de que não estava sonhando. Todos confirmamos na hora que iríamos continuar e agradecemos a oportunidade. Em seguida, o senhor Leon Farhi me olhou nos olhos e disse:

– É muito jovem, hein! Tomara que minha expectativa se confirme. Falaram bem de você e acho que vamos nos entender. Venha ao meu escritório na American Car. Amanhã, às dez horas.

Fiquei parado, olhando o carro se afastar. As pernas tremiam, e eu, de tão alegre, não sabia se chorava ou se ria.

No dia seguinte, antes da hora marcada, me apresentei no escritório da American Car Company. Fui logo atendido pela secretária e encaminhado ao gabinete do chefe. O senhor Farhi fez muitas perguntas de caráter pessoal e profissional, e eu, sentindo-me cada vez mais à vontade, dei respostas claras, que pareceram satisfatórias.

– Se queremos continuar neste negócio com sucesso, vamos precisar de uma oficina de qualidade. Você terá de garantir o melhor serviço de Sofia – ele insistiu. – Tenho receio de que os alemães e o novo governo fascista atrapalhem nossos negócios e nossas vidas, mas ainda tenho esperanças de que a Bulgária não adote nada parecido com as leis de Nuremberg, já vigentes na Alemanha.

Ele se referia à legislação aprovada pelo Reichstag em 1935, que transformava judeus e outras minorias em cidadãos de segunda categoria, párias sem direitos políticos, civis ou de qualquer outra espécie. As novas leis representavam séria ameaça à liberdade e até à integridade física de todos os que não eram arianos. Em 1937, Herman Göering, o segundo homem do Reich, anunciou o fim da presença judaica na economia alemã e, em 1938, declarou que a questão judaica estava prestes a ser resolvida. Em meio a perseguições e banhos de sangue, alguns judeus tiveram a sorte de conseguir fugir da Alemanha, mas muitos outros, como se soube mais tarde, acabaram nas câmaras de gás dos campos de concentração nazistas.

Àquela altura, tinham realmente perdido tudo, até a identidade, reduzidos a números tatuados nos braços. Não houve compaixão para mulheres nem crianças. Naquele tempo, início de 1939, nada disso era conhecido e muito ainda estava por acontecer. Quem poderia imaginar que, nos seis anos seguintes, mais de 70 milhões de pessoas, entre civis e militares, perderiam a vida de maneira brutal nos campos de batalha, nos escombros das cidades bombardeadas e nos campos de concentração? Ali pereceriam 6 milhões de judeus, um número assombroso de ciganos e eslavos e até muitos alemães que tiveram a coragem de se opor ao nacional-socialismo.

Sob intensa pressão da Alemanha nazista, todos os outros países da esfera de influência alemã estavam implantando leis similares às de Nuremberg, e a Bulgária não seria exceção. Os políticos búlgaros de tendência fascista eram simpáticos à implementação imediata das leis nazifascistas, mas, até então, políticos da oposição, artistas, escritores, a Igreja e cidadãos comuns tinham rechaçado essas tentativas e acuado seus autores. Tudo indicava que a Bulgária se manteria independente e longe da barbárie. Pelo menos era o que eu pensava.

Lendo meus pensamentos, o senhor Farhi continuou:

– Não pense que os alemães vão desistir de acabar conosco tão fácil assim. Temo que logo estoure outra grande guerra. Com todos os armamentos e as tecnologias novas, vai ser a guerra das guerras. Pelo andar da carruagem, a Bulgária vai se aliar à Alemanha de Hitler, e aí vai ficar ainda mais difícil resistir às pressões antissemitas! Por incrível que pareça, vamos de novo nos aliar aos vilões. Nossos governantes têm a estranha habilidade de sempre escolher o lado errado! Enquanto a Bulgária não perder mais esta guerra, podemos esperar muito chumbo grosso!

A previsão pessimista vinda de um homem de tanto poder e sucesso parecia um exagero, mas me deixou inquieto.

Nos meses seguintes, entendemos que de fato a ameaça era real e que, apesar da resistência búlgara, a situação piorava a cada dia. Meses depois, no início de 1940, o senhor Leon Farhi, com quem eu já tinha mais intimidade, me chamou para uma reunião urgente. Estava acompanhado dos filhos Saul e Eva, e logo me dei conta de que alguma coisa importante estava por acontecer.

– Agora que estamos em plena guerra, preciso fazer uma grande mudança na composição acionária das minhas empresas – ele disse. – Já fiz as alterações necessárias na exportadora de tabaco, e agora chegou a vez da American Car Company. Está vendo aquela pasta azul cheia de documentos, Licco? Você precisa assinar alguns deles para comprar a American Car de mim e se tornar o mais novo proprietário da firma. Quero saber se posso contar com você.

– Senhor Farhi, é claro que pode contar comigo. O senhor deve ter suas razões, mas ainda não estou entendendo. Sou mecânico, não sei nada de negócios e, mais importante, não tenho dinheiro algum e nunca vou conseguir pagar – respondi atônito.

– Vai entender logo – ele respondeu. – Nos últimos anos, tenho gastado algum tempo e dinheiro para ajudar a resistência a combater o domínio fascista no nosso país. Ajudei homens honestos, formadores de opinião, a manter a visão da Bulgária bem diferente daquela dos lacaios de Hitler. Esse esforço foi bem-sucedido até agora, tanto que conseguimos que nosso país se mantivesse parcialmente independente. Como era de se esperar, os alemães da Gestapo e os governantes fascistas búlgaros foram informados das minhas atividades. Agora o jogo acabou, e eu preciso sair do país o quanto antes. Toda a minha família corre risco. Risco de vida, mesmo! Um amigo alemão me avisou do perigo iminente. É uma pessoa muito, muito influente e bem informada. Aliás, vou pedir a ele mesmo que ajude você e sua família, caso as coisas piorem ainda mais. Pode confiar e seguir as instruções dele sem muitas perguntas. Enfim, na tentativa de salvar algumas propriedades, estou passando grande parte de tudo o que tenho para pessoas da minha confiança. Agora chegou a vez de passar adiante a American Car.

– Mas por que eu? – insisti. – Deve ter muita gente que possa dirigir a companhia melhor que eu.

– Porque gosto e confio em você – ele respondeu. – O contrato fala de pagamento em dez anos. Isso serve apenas para justificar a venda, de alguma maneira, do ponto de vista fiscal e contábil. Bem, caso a gente esteja vivo, e desde que os fascistas percam a guerra, espero que você devolva a mim ou aos meus filhos a metade do que restou da firma. Não parece razoável?

– Claro, só não tenho experiência administrativa, tenho apenas 20 anos e medo de não saber como levar a firma adiante – retruquei.

– Já não sei se vamos estar vivos – ele respondeu com voz triste. – Petrov, nosso contador, vai ajudar na administração. Ele é uma pessoa de confiança, e deixei claro que vamos remunerá-lo muito bem pela dedicação, isto é, se sobrar alguma coisa.

Estava claro que eu não tinha nada a perder. Na verdade, só a ganhar. Concordei.

– *Mazel Tov*, parabéns, sócio! Como não pode haver documento formal algum, achei importante que todos os envolvidos, inclusive meus filhos Saul e Eva, presenciassem a celebração deste nosso acordo verbal e também apertassem sua mão.

O senhor Farhi encerrou a conversa e nos abraçamos como velhos amigos. Percebi que Saul e Eva estavam um pouco tensos e que, além de agradecer, eu precisava dizer mais alguma coisa, como: "Da minha parte, vou fazer todo o possível para merecer sua confiança". No entanto, em vez de falar, olhei diretamente nos olhos deles enquanto apertava a mão de Saul e de Eva. Minhas intenções eram mais que sinceras, e logo senti que eles entenderam o recado.

Depois de tudo assinado e entregue aos advogados da firma, o senhor Leon se virou uma última vez para mim:

– Uma boa administração tem muito a ver com bom senso, honestidade e simplicidade. Recomendo que você use sempre esses princípios em sua vida de empresário. Tenho só mais um conselho importante: se quer ter sucesso, pague seus impostos sempre em dia. Só duas coisas são certas nessa vida: a morte e os impostos.

Foi assim, aos 20 anos, tendo experimentado a melhor e a mais curta aula de administração da minha vida, que me tornei empresário, uma ascensão fulminante e inesperada. Nessa minha longa vida, segui como uma religião as máximas a mim passadas por ele e nunca me arrependi.

Uma semana depois, recebi um recado do senhor Farhi, de Istambul, informando que ele e a família inteira estavam salvos e a caminho dos EUA. Assim como ele temia, pouco tempo depois, em dezembro de 1940, o parlamento búlgaro aprovou a infeliz Lei em Defesa da Nação e, no mês seguinte, o czar Bóris III a sancionou. Social-democratas, ruralistas, comunistas, anarquistas, intelectuais e religiosos de todas as correntes lutaram com bravura, mas a pressão alemã foi forte demais. Em 1941, a Bulgária se aliou ao Eixo, formado por Alemanha, Itália e Japão, e entrou de vez na Segunda Grande Guerra. Para nós, judeus, o inferno estava apenas começando.

Poderia escrever páginas e páginas para contar esse período triste do país e da minha história. Optei por narrar esta parte sem muitos detalhes, mesmo porque as lembranças ainda me deprimem e as sombras do passado voltam com força.

Da noite para o dia, perdemos os direitos de propriedade e as liberdades individuais. Fomos obrigados a andar na rua carregando no peito a Estrela de David amarela, assim o restante da população saberia que éramos judeus. Tivemos de sair rápido das maiores cidades, pois residências de judeus só eram permitidas no interior. Todos os pertences e as propriedades, com exceção de uma mala de dez quilos com roupas, foram confiscados, e todos os negócios de judeus foram desapropriados sem indenização alguma.

Não satisfeitos, e ainda sob pressão alemã, os fascistas que tomavam conta do país quiseram deportar todos os judeus dos Bálcãs para os campos de concentração na Alemanha e na Polônia. Conseguiram que o território búlgaro fosse usado como corredor de muitos judeus gregos e macedônios de passagem para os domínios nazistas. Mas, na hora de deportar os judeus búlgaros mesmo, a revolta popular foi tão grande que tiveram que recuar.

A criatividade dos búlgaros que queriam ajudar seus amigos judeus, agora desmoralizados, era comovente. Inventou-se o termo *conversão cruzada*, que, na prática, representava a conversão simulada de judeus – ameaçados de deportação – primeiro para o catolicismo e em seguida para a Igreja Ortodoxa búlgara ou vice-versa. Quando a polícia procurava as origens deles para provar a descendência judaica, descobria que, na verdade, tratava-se de pessoas convertidas ao catolicismo não do judaísmo, mas da Igreja Ortodoxa. Os novos cristãos ortodoxos, por sua vez, conseguiam provar que tinham sido católicos. Em nenhum documento constavam referências da origem judaica.

Os bispos das maiores cidades, liderados pelo futuro patriarca Bispo Stefan, da capital Sofia, ameaçaram o governo com desobediência civil e alguns chegaram a oferecer as igrejas como último abrigo à população judia. Comentava-se que Kiril, arcebispo da cidade de Plovdiv e mais tarde também patriarca da Igreja Ortodoxa búlgara, teria ameaçado se deitar nas linhas de trem para impedir a saída dos comboios. Ao mesmo tempo, o vice-presidente do Parlamento, Dimitar Peshev, com a ajuda de mais de quarenta deputados, acuou o governo de tal maneira que os fascistas tiveram de bater em retirada. Tudo isso, somado à agitação dos cidadãos comuns, intelectuais ou não, foi tão significativo que a tentativa de deportação foi abandonada, pelo menos naquele momento.

O papel do czar Bóris III nesses episódios não ficou muito claro. Fato é que se ele tivesse feito mais, a vida de muitos judeus gregos e macedônios poderia ter sido salva. Também é verdade que se ele tivesse feito menos é provável que nós, judeus búlgaros, tivéssemos seguido nossos correligionários gregos e macedônios no caminho para as câmaras de gás. Comentava-se que o czar havia desaparecido, talvez tivesse ido caçar, justo na hora de assinar os documentos que autorizavam a partida do primeiro trem lotado de judeus búlgaros, pronto para deportação. A demora permitiu que as forças contrárias à barbárie se organizassem, e assim a deportação foi cancelada e muitas vidas salvas.

Vários anos depois, já são muitos aqueles que querem crédito pelo salvamento milagroso dos judeus búlgaros durante a Segunda Guerra. Confirma-se de novo a velha máxima: a derrota é órfã, enquanto a vitória tem muitos pais e mães. Nunca se saberá toda a verdade, mas sem dúvida fomos salvos por uma combinação de fatores e pela determinação e coragem da população búlgara, que se recusou a aceitar tamanha barbárie em seu território. Por isso, os mais notórios representantes búlgaros Dimitar Peshev e os bispos Stefan e Kiril têm um lugar de destaque na Avenida dos Justos Entre as Nações, no Museu do Holocausto do memorial Yad Vashem, em Israel.

Dois dias após a maldita lei ter sido sancionada, a American Car Company amanheceu ocupada por forças policiais, e eu nem pude entrar para pegar meus poucos pertences e me despedir dos funcionários. O plano do senhor Farhi tinha falhado, e minha carreira de empresário terminou tão de repente quanto tinha começado.

Como meio alternativo de resolver a questão judaica e aliviar a pressão hitlerista, o governo búlgaro criou os campos de trabalhos forçados para todos os homens judeus. Preciso reconhecer que esses campos em nada se pareciam com os campos de concentração alemães, que tanto chocaram o mundo depois do final da guerra. Na Bulgária, os judeus sofreram muito menos. É verdade que o regime de trabalho era rígido; a comida, parca; e o frio, intenso. Mesmo assim a maioria dos prisioneiros conseguiu sobreviver. Os camponeses, que moravam nos arredores dos acampamentos e assistiam de perto nossa agonia, sempre que podiam traziam roupas quentes e, mais importante, alguma comida, o que ajudou a salvar a vida de muitos. Era comum que alguns dos guardas – policiais ou oficiais do Exército já aposentados – fechassem os olhos para esses gestos e até ajudassem diretamente.

Cinquenta anos depois, quando pude visitar a Bulgária de novo, procurei alguns desses camponeses para agradecer. Como não os encontrei vivos, localizei alguns de seus familiares. Fui bem recebido, mas logo ficou claro que quase nada sabiam sobre o campo de trabalhos forçados e ainda menos sobre o gesto nobre praticado pelos seus pais e avós.

Campos de trabalho

Com as novas leis em vigor, eu e meu irmão fomos convocados a nos apresentar na estação de trem, de onde partimos para o vilarejo Somovit, próximo ao rio Danúbio. Iríamos trabalhar na construção de uma estrada e de uma ponte num rio pequeno, o Vit. Até hoje estou convencido de que Somovit foi escolhido pela proximidade com o Danúbio; de lá poderíamos ser transportados para os domínios hitleristas. Foi por esse rio que grande parte dos judeus gregos e macedônios foram levados primeiro à Viena e, de lá, para as câmaras de gás. Apesar de tudo, os desgraçados ainda não tinham desistido do plano macabro! Naqueles anos, o Danúbio não estava calmo nem azul, mas revolto e vermelho de sangue.

Em Somovit fui separado do meu irmão, mas David não foi levado para muito longe. Recebia notícias dele quase todas as semanas, e isso me deixava mais tranquilo. Aos 19 anos, ele tinha se tornado um homem adulto; já não dependia de mim. Os acontecimentos daquele período nos obrigavam a amadurecer antes da hora, acrescentavam anos em dias, nos envelheciam de forma acelerada. Pelo menos ele tinha terminado o Ensino Médio, pensava eu, e depois daquela loucura poderia ter uma vida decente.

A estrada que construíamos ficava em uma região inóspita, longe de tudo e de todos. Brincávamos que ela unia o nada a lugar nenhum. O trabalho era pesado e não era nada fácil aguentar doze horas de esforço físico extenuante, mal alimentados e sob forte calor ou frio cortante. A comida era parca e ruim; as roupas, pouco adequadas para o trabalho pesado. Para nossa sorte, parte dos guardas não nos maltratava. Eram severos, mas era raro cometerem algum tipo de violência física.

Em um dia cinzento e mais frio que o habitual, tivemos de parar os trabalhos mais cedo por causa da pouca visibilidade causada pela neblina e pela forte nevasca. Até os guardas armados sofriam com o frio e preferiam ir para o boteco na vila mais próxima, já que lá havia calefação e bebida à vontade. Enquanto isso, tentávamos nos aquecer de qualquer maneira dentro dos barracos, onde o vento gelado do norte penetrava quase sem resistência as paredes precárias de madeira velha.

– Hoje chegam mais algumas pessoas de outra unidade para pernoitar neste barracão – um guarda avisou.

À medida que nos espremíamos ainda mais na enorme plataforma de madeira que servia de cama, os recém-chegados entraram no nosso barracão. Meu coração disparou quando os rostos apareceram detrás dos trapos que os protegiam do frio. Conhecia todos, que eram de Sofia e, mais ainda, do meu bairro.

– Teu irmão está no barraco ao lado – alguém avisou.

Corri para fora e logo achei David, agora de barba grande e muito, muito magro. Abraçamo-nos em silêncio. Senti as lágrimas dele escorrerem pelo meu pescoço e vi seu rosto marcado pelo frio e contorcido pela emoção do encontro inesperado.

– Essa tua barba é digna de rabino ortodoxo! – exclamei emocionado.

David sorriu e aquele sorriso lembrou nosso pai. "Como eles são parecidos!", pensei, com saudade.

Conversamos sobre nossa vida e as escassas informações que tínhamos do mundo lá fora. Parecia que os alemães já não estavam ganhando com tanta facilidade e que, finalmente, os americanos estavam ajudando os russos e os ingleses não só com armamentos, mas também com tropas. As últimas notícias deixavam claro que a guerra era mesmo mundial: o Pacífico também ardia em chamas. Parecia que o bem, graças a Deus, passava a enfrentar o mal em pé de igualdade. Era uma excelente notícia, reacendia novas esperanças. Depois de muito tempo, alguma luz no fim do túnel!

Assim que ficamos a sós do lado de fora do barraco, ao relento, David se apressou a falar:

– Licco, quero que você seja o primeiro a saber: logo vou fugir do campo.

– Para onde, David? Para onde? – Fiquei muito preocupado.

– Com a ajuda de uns amigos, vou me esconder na clandestinidade e pode ser que vá para a resistência armada. Quero ajudar a derrubar esse monstro fascista. Não aguento mais essa vida!

Já tinha ouvido falar em grupos armados da resistência, os partisans, que atacavam de surpresa e depois se escondiam nas montanhas. Eram socialistas, anarquistas, comunistas e alguns outros sobreviventes da guerra civil espanhola, que combatiam a polícia búlgara como heróis.

– É muito arriscado. – A angústia não me deixava.

– É tão arriscado quanto ficar quieto esperando pela misericórdia do carrasco.

Sempre soube da simpatia de David pelas ideias socialistas e sionistas. Também era de meu conhecimento que muitos amigos dele faziam parte desses movimentos.

– A União Soviética ainda vai ganhar esta guerra – David insistiu.

Com a efetiva entrada dos americanos, era uma possibilidade muito mais real. Fiquei calado, sem argumentos, mesmo porque sabia, no íntimo, que de nada adiantaria tentar impedir meu irmão. Era assunto decidido.

No dia seguinte, despedimo-nos de novo em silêncio. Fiquei olhando o pequeno grupo no qual David se distanciava, sumindo na neblina. Chorei muito vendo-o se afastar de mim. Chorei pela nossa juventude perdida, pelo medo do futuro incerto, pelo sofrimento daqueles tempos e pelo meu irmão querido, pois não sabia se iria vê-lo de novo. Sob tanta neblina e neve caindo sem parar, as lágrimas congelaram logo e assim passaram despercebidas. A promessa do meu irmão logo se confirmou. David fugiu e não recebi mais notícias dele.

Era final do outono de 1943, as folhas das árvores caíam e cobriam o chão num tapete colorido sem fim. A paisagem era muito bonita, mas nos lembrava que um novo inverno viria em seguida. Estávamos apreensivos, percebíamos o corpo cada vez mais fraco, e a resistência de muitos tinha caído a níveis preocupantes. Salvator

Mairoff era meu companheiro mais próximo no campo. Éramos do mesmo bairro de Sofia, eu o conhecia desde criança. Estava doente e com febre alta já fazia algum tempo, e mais um inverno naquelas condições seria demais para sua saúde debilitada. Ainda assim, era o mais otimista do nosso grupo.

– O frio inclemente vai derrotar os alemães de vez. O General Inverno acabou com Napoleão e agora vai acabar com Hitler. O Exército Vermelho aguentou firme em Stalingrado e começa a mandar no campo de batalha. Os americanos já estão enfrentando os japoneses no Pacífico, os Aliados acabaram de desembarcar no sul da Itália e, como devem ter notado, até nossos guardas de repente ficaram mais simpáticos conosco. Na certa estão pressentindo a derrota. Os ratos sempre tentam abandonar o navio que afunda. Logo, logo poderemos esperar até tratamento de hóspedes queridos. Agora podemos contar os dias, e não mais os anos. O pesadelo está perto do fim.

Salvator se virou para mim e, todo alegre, continuou:

– Meu amigo, quando tudo isto acabar vamos ter que procurar umas boas meninas e nos casar. Já pensou, um bando de filhos? De minha parte, prefiro uma moça de família pobre, que tenha alguma profissão e que goste de esquiar na neve.

– Ora, Salvator, posso entender tudo, mas por que de família pobre?

– Meu querido Licco, pense na vantagem que uma menina de família pobre tem hoje sobre uma menina de família rica. A que nunca foi rica não tem grandes expectativas nem maus hábitos e vai se adaptar com mais facilidade a esses tempos bicudos, ainda mais se ela tem uma profissão e pode ajudar. Aquela que nasceu riquinha e, com a guerra perdeu tudo, agora está pobre, certo? Para piorar as coisas, ainda pode ter preservado alguns hábitos caros.

– Meu Deus! Você quer explorar sua futura esposa! – Rimos como há muito tempo não fazíamos.

– Ainda vou realizar meu maior sonho! – Salvator insistiu. – Um dia vou passear na praia de Copacabana, lá no Brasil, de calça branca e chapéu Panamá.

Alguém tinha conseguido uma revista velha com um artigo que contava as belezas daquela praia tranquila numa cidade de paisagem extraordinária, em um país exótico e ensolarado. Aquela revista era uma das poucas coisas para ler no nosso acampamento e passou de mão em mão. Foi o meu primeiro contato com o Brasil.

– Agora lá está fazendo sol e o tempo deve estar quente, bem diferente desse frio miserável – concluiu Salvator.

Fisicamente éramos muito diferentes: Salvator era franzino e frágil e eu, forte e esbanjando saúde. Por outro lado, ele era dono de uma personalidade incrível, sempre de bem com a vida, mesmo naquela situação sofrível, enquanto eu, talvez por causa da preocupação com David, andava triste e, às vezes, deprimido. Eu ajudava Salvator no trabalho pesado e cuidava dele como podia quando ele sofria com frio e febre. Em compensação, recebia dele altas doses de otimismo e bom humor. Fomos verdadeiras almas gêmeas durante os poucos, mas árduos meses que passamos juntos no campo de trabalhos forçados.

Numa ocasião, fomos envolvidos em um episódio que poderia ter tido graves consequências. Um dos camponeses amigos, que providenciava comida e roupas quentes para nós sempre que possível, entregou para Salvator, às escondidas, um saco com pó de ervilha seca. Adicionamos água e fervemos a mistura, na expectativa de preparar uma sopa, mas tudo o que conseguimos foi uma massa dura, impossível de comer. Colocamos mais água, mas ainda assim nossa sopa improvisada não agradou ninguém – e estávamos todos com muita fome! Decepcionados, jogamos os restos para as galinhas que os guardas criavam num canto do acampamento, com o intuito de melhorar suas refeições. Para nossa surpresa, no dia seguinte algumas galinhas estavam mortas.

Nunca ficou claro o que causou a morte delas, mas alguns guardas suspeitaram que tínhamos envenenado as pobrezinhas de propósito e começaram a investigar e a fazer perguntas. Antes que chegassem a Salvator e a mim, apresentamo-nos e contamos toda a verdade. Naquelas circunstâncias adversas, podíamos esperar todo tipo de desgraça como punição exemplar. Para nosso espanto, recebemos apenas punições consideradas leves: limpar os buracos na terra que serviam de banheiro improvisado e arrumar o alojamento dos guardas. Após cumprir essas tarefas, voltamos aliviados para o barracão e o convívio dos amigos. Então, Salvator riu e exclamou:

– Aposto que os alemães perderam a batalha de Stalingrado. Essa gentileza e complacência da parte dos nossos guardas haverá de ter uma razão. Agora é só esperar os soviéticos!

No inverno gelado de 1944 não pude estar ao lado do Salvator, aliviar suas dores e segurar sua mão febril, como tinha feito no inverno anterior. Soube que ele não sobreviveu ao frio rigoroso. Até hoje guardo na memória aquele rosto magro de menino esfomeado, pele pálida, quase transparente, e sinto saudades do sorriso contagiante dele. De certa maneira, mesmo depois de nos deixar, Salvator sempre me acompanha e continua caminhando comigo. Até hoje, quando tenho problemas, sempre me dirijo a ele para pedir conselhos, e ele nunca falha. Assim como eu, outros que passaram por horrores similares e que também perderam entes queridos continuam a conviver dentro de si com as sombras do passado.

O motivo por eu não estar com Salvator naquele inverno foi um chamado que recebi em um dia igual a qualquer outro no campo de trabalhos forçados, exceto por um detalhe.

– Licco Hazan! Licco Hazan! Apresente-se no comando! – ouvi um guarda gritar.

Até então, naqueles quase dois anos, nunca tinha sido chamado para nada. Meus companheiros sabiam que uma chamada daquelas quase nunca acabava bem, então me cercaram preocupados. Deram-me um pulôver mais quente para qualquer eventualidade e muitos conselhos. Lembro-me perfeitamente do conselho de Salvator:

– Licco, meu irmão, lembre que nunca se deve discutir ou argumentar com os mais fortes. Se te fizerem algum mal, permaneça em silêncio e não responda de jeito algum. Nessa hora algumas coisas podem ajudar muito. Primeiro, pense que tudo vai acabar logo e que o mais importante é sobreviver. Depois, para tornar as coisas mais fáceis, feche os olhos e imagine teu carrasco, todo-poderoso, sentado na privada, de calça arriada, se contorcendo com uma baita dor de barriga. Essa receita dá um alívio, um conforto imediato nas horas difíceis e, acredite, nunca falha!

Dirigi-me ao acampamento do comando muito preocupado e com as pernas tremendo. O comandante estava na companhia de outro homem, que trajava roupas civis, desconhecido para mim.

– Licco Hazan, você vai acompanhar o senhor Denev até Sofia.

"David! Aconteceu alguma coisa com David!", pensei na hora.

– Deve ter alguma coisa a ver com conserto de automóveis – disse o comandante. – Você não é mecânico? Quando voltar, vou precisar dos seus serviços para dar manutenção no nosso caminhão. Só agora vendo sua ficha descobri que temos um mecânico à disposição. Esse nosso caminhão vive quebrado.

O comandante entregou a Denev um envelope com meus documentos, que até então estavam guardados no arquivo, e disse irônico:

– Licco, não vai fazer besteira e tentar fugir! Vamos te pegar rapidinho e aí vai acabar essa moleza.

Não concordei com o termo *moleza*, mas permaneci em silêncio.

Ainda consegui me despedir dos meus companheiros e devolver o pulôver, de que não precisava mais. Sem dúvida, todos sentiam inveja, pois eu sairia do inferno e voltaria para Sofia, que agora parecia o próprio paraíso. Abracei um por um aqueles homens sofridos. Por último, me despedi de Salvator.

– Eu volto logo, logo – disse com a voz embargada e, para não chorar, saí depressa do barraco sem olhar para trás.

Albert Göering

Meia hora depois, estava sentado no banco de um automóvel de luxo a caminho da capital. O senhor Denev gostava de conversar, e eu logo soube de mais algumas coisas acerca daquela viagem misteriosa.

– Eu sou engenheiro e trabalho para a Skoda. Conhece a fábrica de automóveis tcheca, tomada pelos alemães?

Claro que conhecia. A Skoda era um complexo industrial, que produzia automóveis, caminhões, vários equipamentos pesados para geração de energia, armamentos leves e até tanques de guerra.

– Primeiro vou levá-lo para tomar banho e trocar essas roupas imundas. Amanhã cedo, o senhor Albert quer conversar com você.

– Quem é o senhor Albert? – fiquei curioso.

– Ele é meu chefe alemão, diretor da Skoda. Vem de vez em quando a Sofia, mas mora em Praga. Sou o homem de confiança dele.

Ficava cada vez mais claro que precisavam dos meus conhecimentos de mecânico de automóveis. Só podia ser isso! Quem sabe, sendo reconhecido como bom profissional, poderia me dar bem e salvar meu futuro.

– O senhor Albert é uma pessoa muito importante. Até o czar Bóris o recebe. É irmão daquele sujeito,

Hermann Göering, o segundo homem mais importante da Alemanha. Sabe quem é? Aquele que se veste como pavão e gosta de uma medalha!

"Meu Deus, o que um cara desses poderia querer de mim?", pensei. "Calma, Licco!", deixei escapar num sussurro. Afinal, imaginei, pior do que estava não poderia ficar. Por isso, tentei ficar calmo e esperar para ver.

Ao chegar a Sofia, fui levado a uma pensão modesta, onde tomei meu primeiro banho com água quente em dois anos. Troquei de roupa e jantei num pequeno restaurante, indicado pelo senhor Denev. Estava com muita fome, mas, mesmo com a comida na minha frente, mal conseguia engolir. Sem dúvida vivia um dia extraordinário, estava bem alimentado, limpo e bem vestido – embora as roupas que tinham me dado fossem um pouco apertadas para mim. A próxima experiência se revelou ainda melhor. Estiquei-me na cama modesta, mas confortável, do meu quarto e curti aquele momento raro. Não sentia frio nem calor, tinha mais espaço do que precisava, não ouvia nenhum ronco, e os cobertores pareciam estar me abraçando. Estava sendo tão bem tratado que me senti seguro e finalmente relaxei. Precisavam dos meus serviços e isso poderia melhorar, e muito, minha sorte. Dormi com os anjos!

No dia seguinte fui levado ao escritório da Skoda, onde o tal Albert Göering me esperava. Achei estranho tanta atenção para um simples mecânico, mas não tive tempo de pensar muito. Logo me vi a sós com um homem elegante, meio calvo, de bigode fino e bem cuidado, de estatura mediana, que falava baixo e em perfeito *hochdeutsch*. A aparência era mais de um galanteador latino do que de um alemão sisudo. Notei que sequer lembrava seu temido irmão.

– Meu nome é Albert Göering e lhe procuro por recomendação do senhor Leon Farhi. Sei que está em campo de trabalho e que há pouco tempo seu irmão fugiu para se juntar à resistência armada. Nem preciso lhe dizer que corre grande perigo pelo simples fato de ser irmão de um inimigo e, além disso, judeu. Por isso, vamos preparar para você um novo passaporte búlgaro legítimo, com nome diferente. Precisamos tirar uma fotografia. Hoje à tarde conseguiremos também um visto legítimo de entrada na Turquia, país neutro, onde você estará em segurança. O trem para Istambul sai às oito da noite. Precisamos correr, porque temos pouco tempo. Você vai passar o dia na companhia do senhor Denev, que vai deixá-lo no trem junto com outras pessoas em situação parecida e que precisam sair da Bulgária o mais rápido possível.

Então era isso. O senhor Farhi tinha cumprido a promessa de me ajudar. Era esse o homem importante que o tinha ajudado a fugir da Bulgária. Ainda não tinha aberto a boca, tomado pela surpresa. Tenho certeza de que minha primeira pergunta soou um pouco ridícula:

– Não vou voltar mais para o campo?

– É claro que não. Também não vai mais carregar a Estrela de David. Para todos os efeitos, seu nome agora é outro, e você é um búlgaro cristão ortodoxo, absolutamente legítimo. Agora vá entregar seus documentos atuais para o senhor Denev; mais tarde, quando estiver em Istambul, vai recebê-los de volta, junto com uma carta do senhor Farhi. As outras instruções serão dadas pelo senhor Denev, em quem pode confiar. Não vai ser nada fácil explicar seu desaparecimento, mas preciso atender ao pedido do senhor Farhi, que muito admiro. Só me resta desejar-lhe boa sorte.

Agradeci, ainda um pouco tonto, e assim terminou nossa conversa. Foi a primeira e a última vez que encontrei aquele homem que só posso classificar de extraordinário, irmão do carrasco nazista Hermann Göering. A Leon Farhi e a Albert Göering devo minha vida.

As coisas aconteceram com uma velocidade que eu mesmo mal conseguia acompanhar. Sentia-me como se estivesse dentro de um sonho ou como quem passa por uma alucinação que terminaria a qualquer momento. Tiradas as fotografias, não demorou para que Denev me entregasse os novos documentos, algum dinheiro turco e um papel com um endereço em Istambul.

– Vai ter gente esperando vocês na estação de trem, mas para qualquer eventualidade há este endereço. Lembre-se de que até chegar lá você será o líder do grupo, portanto tem de ajudar a todos. Fique tranquilo que foi tudo bem preparado. Agora vou levar você à oficina da Skoda e pedir que examine alguns automóveis. Assim conseguimos explicar sua presença aqui e eu terei o meu álibi.

No caminho para a oficina, Denev contou a história de outro búlgaro que, como eu, saíra às pressas da Bulgária usando documentos falsos de oficial alemão que Albert Göering tinha conseguido. Agora se encontrava são e salvo em Madrid.

– Qual o nome desse sortudo?

Para minha surpresa, tratava-se de um colega da escola alemã, Nissim Michael.

– Que sorte do Nissim! Então o senhor Albert já ajudou muitos outros? – insisti.

– Só aqui na Bulgária, mais de trinta. Na verdade, ele ajudou muito mais gente na Romênia, onde a Skoda também tem escritório. Pelo mesmo caminho que você vai esta noite, já passaram muitos judeus romenos e também alguns húngaros e tchecos. Mas confesso que você deu muito mais trabalho: é a primeira vez que tiramos alguém de dentro dos campos de trabalho.

– Então essa gente tem experiência – pensei alto, agora mais tranquilo. Mesmo assim, senti-me na obrigação de alertar meu benfeitor. – Este álibi não parece muito convincente – disse, enquanto examinava os carros.

– Pode ser! – ele respondeu. – Mas é o suficiente para alguém protegido por Albert Göering.

Terminada a visita à oficina, voltei para a pequena pensão. Horas depois, seguindo as instruções, saí sozinho, peguei um bonde, andei até o cruzamento combinado e entrei no carro onde Denev me esperava.

– Agora já posso afirmar que você fugiu – ele disse, sorrindo.

Mais tarde, fomos buscar outras três pessoas: um casal de velhos e uma moça, que não aparentava ter chegado aos 20 anos, chamada Berta Michael. O casal me parecia conhecido. Logo soube que eram Rachamim Gerassi e sua esposa Estreja. Conhecia muitos da família Gerassi. Um deles, Rafael Gerassi, era meu companheiro no campo de trabalhos forçados. Da família Michael, ao contrário, conhecia apenas dois membros: além do meu amigo de escola alemã, Nissim, conhecia Elias Michael, que tinha sido corredor de rali antes da guerra – coisa rara naqueles tempos –, e eu tinha cuidado do carro dele em algumas ocasiões.

Chegamos perto da estação de trem, e Denev se despediu bem rápido:

– Daqui para frente vocês vão a pé. Não posso correr o risco de ser visto com vocês. Principalmente porque o senhor Licco Hazan – apontou para mim – acabou de fugir. Amanhã, a essa hora, vocês vão estar contemplando o Bósforo. Enquanto isso, deverei explicar o inexplicável para a polícia búlgara.

Tensos, fomos em direção à estação e nos misturamos à multidão de passageiros. Localizamos o trem e ocupamos nossos lugares em um compartimento confortável da primeira classe. O senhor Albert Göering fazia as coisas em alto nível! Tentei aparentar calma, sentindo que o nervosismo tomava conta do ambiente. O trem saiu da estação e a viagem começou. Puxei conversa e logo percebi que Berta estava me ajudando a manter a situação sob controle. Agradeci com os olhos e, como não havia estranhos no nosso compartimento, perguntei o que ela iria fazer na Turquia.

– Não tenho mais ninguém na Bulgária, sou órfã. Adoro nosso país e, antes das perseguições, pensava que iria morar aqui para sempre. Mas agora isso já não faz sentido. Vou em busca dos meus tios, fui criada por eles, saíram da Bulgária um pouco antes desse pesadelo começar. Quando foram embora, decidi ficar para terminar meu curso de contabilidade. Logo depois saíram as malditas leis e, sendo judia, não consegui mais tirar passaporte. Por recomendação do senhor Leon Farhi, amigo do meu tio, fui procurada pelo senhor Denev, que tomou conta de tudo. Meus tios vivem agora em Tel Aviv, e acho que é para lá que eu vou.

– Sou muito amigo de Nissim Michael e também conheço Elias, o corredor de rali. Você é prima deles?

– Sim, são meus primos. Elias, que é o primo mais distante, foi para o Canadá há alguns anos, muito antes das perseguições. Nissim é filho do meu tio mais velho, já falecido. Ele acabou de fugir também com ajuda do senhor Farhi e, pelas notícias que tenho recebido, está são e salvo na Espanha.

Quis saber também a história do Rachamim, que tinha escapado do trabalho forçado por causa da idade avançada. Ele contou que havia dado abrigo a Leon Tadjer Ben David, que, após se juntar à resistência armada, mandou pelos ares os depósitos de combustíveis na cidade de Russe, que serviam às forças alemãs. Em seguida, Leon foi descoberto, preso e executado. A polícia estourou a célula clandestina dele, alguns de seus amigos foram presos, e era apenas questão de tempo para chegar aos abrigos mais recentes do grupo. Temendo isso, Rachamim e a esposa logo optaram pela clandestinidade com a ajuda de amigos búlgaros. Por sorte, foram apresentados a Denev, que organizou a fuga do casal.

Aproveitei o momento para contar a minha história em poucas palavras.

– Eu o conheço da sinagoga – Berta disse. – Você sempre senta no corredor, não é? Também só vem para os feriados, Pessach, Sucot, Rosh Hashaná, Chanucá... No Yom Kipur sempre chega tarde, quase na hora de escutar o *shofar*.

– Não! Não! – protestei. – Não perco um Kol Nidrei!

Surpreendentemente, Berta me conhecia, mas eu não me lembrava dela. Três ou quatro anos antes ela ainda era uma criança, por isso não tinha chamado minha atenção.

Por algum tempo permanecemos em silêncio. Logo veio a equipe fazer a verificação das passagens. Foi um momento bastante tenso, mas nos comportamos bem. Saí no corredor para pegar uma brisa com a janela aberta. O ar já estava bastante frio naquele fim de outono e não pude evitar a lembrança do campo em Somovit. O que será que faziam meus companheiros? E Salvator? E David?

A porta do compartimento se abriu, Berta saiu e se juntou a mim.

– Nossos companheiros tomaram tranquilizantes e dormiram. Saí para pegar um ar e esticar as pernas. Estou incomodando?

– De jeito nenhum.

Agora podia observar seu rosto delicado e os olhos grandes, que pareciam ter luz própria. Ela chamava a atenção com seus traços harmoniosos e as covinhas bem profundas, que apareciam cada vez que sorria. A primeira impressão era de uma jovem bastante frágil, que precisava de proteção.

– Tem olhos muito bonitos – emendei sem pensar.

Ela sorriu:

– Sou baixinha e pareço fraca, mas na verdade sou bastante forte. Sou contadora de profissão e gosto muito de números e de raciocínio lógico. Trabalhei desde muito cedo. Comecei dando aulas para alunos com dificuldade em matemática e depois fiz contabilidade.

A história dela era parecida com a minha, e isso acendeu a nossa conversa.

– Fala ladino?

– Falo e canto – foi a resposta seguida de um cantarolar. – *Abraham Avinu, padre querido...*

Era uma canção conhecida e que me trazia associações bastante dolorosas. A voz de Berta era delicada e melódica. As covinhas apareceram e me deixaram ainda mais encantado e um pouco tonto.

Até então minha experiência com mulheres tinha sido restrita e superficial. Nunca havia tido um relacionamento mais sério, nem mesmo com minha mãe, que se foi muito cedo. Quando completei 16 anos, alguns amigos me levaram a um prostíbulo, e tive uma experiência tão rápida quanto insatisfatória com uma prostituta. Hoje só me lembro do cheiro intenso de perfume barato e do ambiente escuro e meio sujo.

Depois disso, já na American Car, conheci Svetlana, uma viúva alegre, com quem saía sempre e que me apresentou o sexo prazeroso de verdade. Era uma balzaquiana com curvas estonteantes que, após o falecimento do marido, muito mais idoso que ela, só queria desfrutar a vida. Era pelo menos quinze anos mais velha que eu, mas mantinha excelente forma, além de ser uma das poucas mulheres em Sofia que dirigia automóvel. Conheci Svetlana quando vendi a ela um automóvel de luxo que tinha sido do senhor Leon Farhi. Ela era avessa a qualquer compromisso sério e fazia questão de preservar as aparências e seu bom nome. Apreciava muito minha discrição, e, assim, mantivemos nosso relacionamento em segredo. Devo reconhecer que era uma excelente professora, e eu me revelei um bom aluno. Mas a agradável experiência foi interrompida por minha ida compulsória ao campo de trabalho.

Depois de quatro horas, chegamos à fronteira com a Turquia, onde um guarda búlgaro verificou nossos documentos. Enquanto nos esforçávamos para parecer tranquilos, Rachamim e Estreja cochilavam, ainda sob efeito de tranquilizantes, e mal notaram a presença dele.

– Boa viagem! – disse e saiu do compartimento.

Em seguida, entramos em território turco e passamos, sem sobressaltos, pelo controle de imigração. Finalmente estávamos fora de perigo imediato. Abracei Berta e permanecemos em silêncio por algum tempo. Depois ela sorriu e as covinhas apareceram outra vez. A partir daquele momento, a química entre nós se tornou tão forte, tão intensa, que parecia que nos conhecíamos havia anos. Mergulhei naqueles olhos grandes e senti um imenso carinho pela menina frágil que segurava nos braços.

Que sorte eu tinha! Em menos de três dias tinha passado do campo de trabalhos forçados para a liberdade e ainda tinha encontrado a mulher que seria o grande amor da minha vida. Eu tinha absoluta certeza disto.

Istambul

O trem começou a andar mais devagar e logo chegamos à estação central de Istambul. Os primeiros dias na cidade foram mesmo de turismo. Nosso anfitrião, Omer Aydin, era dono de uma pequena pensão, bem próxima ao Grande Bazar e não muito longe de outras atrações históricas. Sem documentos legítimos, não podíamos fazer nada a não ser conhecer a cidade durante o dia, quando ficávamos camuflados pela multidão de pedestres. Havia tanta coisa para ver que era fácil entender por que os eslavos chamavam aquela cidade de Czarigrad, Cidade dos Reis. Os czares russos sempre almejaram conquistar Constantinopla, como a cidade era conhecida quando capital do Império Bizantino.

A posição estratégica inigualável – bem no caminho entre Europa e Ásia, com domínio do canal de Bósforo e, com isso, controlando a entrada e saída do mar Negro e do mar de Mármara – atraiu, ao longo dos anos, inúmeros conquistadores, que deixaram um pouco da sua cultura nas diversas edificações. Ruínas do Império Bizantino e dos cruzados, que ali fundaram seu próprio império, se encontravam por todo lado. Bastava olhar para o impressionante sistema de abastecimento de água ou para Santa Sofia e a Mesquita Azul, além do Hipódromo Romano e do Palácio de Topkapi.

Meu avô sempre falava com muita admiração e alguma saudade de Istambul, onde tinha passado grande parte da juventude. Mesmo seus relatos mais apaixonados agora pareciam bastante pálidos, comparados com o que eu experimentava com meus próprios olhos. A cidade exalava vida e, apesar do declínio do Império Otomano, ainda mantinha certa pujança. Alguém tinha dito, com razão, que se o mundo fosse um país só, a capital seria Istambul. Naquela magnífica cidade vivi alguns dos melhores e mais decisivos dias da minha vida.

Berta e eu passamos os dias flanando pelas ruas e admirando as belas vistas para o Bósforo. Morávamos na mesma pensão onde também se hospedou o casal Gerassi. Viviam conosco mais dois casais de judeus tchecos, que tinham chegado antes da gente. O último quarto era ocupado por Benbassat, refugiado da Romênia. Todos tinham recebido ajuda decisiva do senhor Albert Göering, embora a maior parte deles nunca o tivesse conhecido em pessoa. Precisávamos manter discrição. Havíamos entrado na Turquia com documentos falsos e tínhamos de esperar a chegada dos originais que, por razões óbvias, não viajaram conosco. As prisões turcas tinham péssima fama, e ninguém queria conhecê-las de perto.

Quando algum hóspede indagava Omer sobre quem pagava pela pensão, pelas refeições e por outras despesas, ele fugia da conversa. Era uma pessoa muito amável, muçulmano devoto, que tentava nos agradar e proteger de todo jeito. A mão invisível do senhor Farhi tinha de estar por trás daquilo, porque a pensão tinha poucos cômodos e estava toda ocupada por nós, refugiados sem dinheiro algum.

Tudo indicava que Omer recebia pelos serviços que prestava, ainda mais por não aparentar ser um homem rico. Recordo-me de que ele se orgulhava muito da Turquia, que, embora atrasada em alguns aspectos, tinha um sistema de governo laico, no qual a religião não interferia na governança e na política. Era fã incondicional de Kemal Atatürk, o homem que conseguiu tirar a Turquia do sono e modernizá-la. As diretrizes de Atatürk são respeitadas e seguidas até os dias de hoje.

Foi ele quem, uma semana depois, entregou nossos documentos verdadeiros e nos apresentou a duas senhoras inglesas da Cruz Vermelha. Segundo nosso anfitrião, elas nos ajudariam na regularização da nossa situação com as autoridades turcas. Greenwood e Bareau passaram a fazer parte do nosso cotidiano, nos visitando quase todos os dias. Até onde podíamos entender, a Cruz Vermelha contava com a ajuda de outras agências humanitárias e tentava conseguir vistos de entrada em países que recebiam refugiados. Milhares de exilados ainda estavam por vir, mas já naqueles tempos não era fácil encontrar uma nova pátria.

Preenchemos um enorme questionário, no qual informamos escolaridade e profissão, outras questões particulares e o país de destino preferido. Depois de uma longa espera, os tchecos que moravam conosco foram os primeiros a receber um visto para a Austrália. Nós, refugiados da Bulgária, tínhamos a Palestina como primeira opção, onde já havia muitos búlgaros. A senhora Greenwood, entretanto, explicou que os ingleses, prevendo futuras complicações, estavam dificultando a entrada de judeus naquela região. Sem opções, aceitamos que nos fossem oferecidos outros destinos, sendo que os preferidos passaram a ser Estados Unidos, Canadá e Austrália.

Além da ajuda das inglesas, recebi um presente junto com meus documentos búlgaros: uma carta do senhor Farhi, como Albert Göering havia antecipado ainda em Sofia. Abri e li emocionado:

Prezado Licco,

Bem-vindo a Istambul e à liberdade. Agradeço muito seu empenho na American Car e lhe desejo muito sucesso em sua nova vida. Conte sempre comigo para qualquer eventualidade.

Meu conselho agora é procurar uma nova pátria e começar uma vida nova. Seja sempre o homem honesto e de bom coração que conheci.

Vai achar meu endereço atual no P.S. desta carta. Mantenha-me informado sobre tudo o que se passar com você.

Quem sabe um dia nos encontramos de novo.

Seu amigo,

Leon Farhi

Àquela altura, meu namoro com Berta já era público. Vivíamos grudados o dia inteiro com aquela expressão de felicidade no rosto, que parecia gritar: "Estou amando e sou amado!".

Gerassi, que jogava cartas conosco todas as noites, não demorou a perguntar:

– Quando mesmo vai ser o casório, crianças?

– Por mim – eu disse –, pode ser amanhã mesmo. É só a Berta topar!

Incomodada, Berta respondeu:

– Não precisamos ter tanta pressa. Por enquanto, estamos nos conhecendo melhor.

Nosso parceiro de carteado sorriu com malícia e completou:

– Na minha época, Estreja e eu estávamos com muita pressa. Não se podia namorar como agora. Sair para passear, nem pensar! Agora, até pelas circunstâncias, vocês passam o dia juntos. Mesmo assim, aposto, Licco não aguenta mais a espera.

Todos, inclusive Berta e eu, rimos com gosto.

Poucos dias depois dessa conversa, as inglesas nos surpreenderam com boas notícias. O Brasil, aquele país latino-americano que me encantava desde o campo de trabalhos forçados na Bulgária, estava facilitando a emissão de vistos de entrada para engenheiros e outros técnicos, inclusive mecânicos, como eu. De acordo com a informação fornecida pelo cônsul brasileiro em Istambul, o visto para os eventuais candidatos qualificados sairia rápido. "Meu Deus, Brasil! Salvator vai gostar dessa!", pensei.

Vi o rosto da Berta com uma expressão atônita, e perguntei:

– Senhora Greenwood, será que o Brasil não tem interesse em uma boa contadora?

– Pelo que entendi, o interesse é bem específico – ela respondeu. – O Brasil está procurando pessoas com conhecimentos técnicos, mas não precisam ser solteiras.

Por que não se casam logo e assim resolvemos esse problema? Ainda precisamos nos informar se a viagem ao Brasil pode ser imediata. Depois da famosa Operação Avalanche, aquela do desembarque dos Aliados no sul da Itália em setembro passado, o Mediterrâneo está seguro, mas a rota marítima do Atlântico Sul era muito visada e perigosa até pouco tempo atrás. Ainda restavam alguns poucos submarinos alemães que não perdoavam nem navios mercantes que tivessem a infelicidade de cruzar seu caminho. Precisamos nos informar se o problema persiste e se já existem navios fazendo essa rota com regularidade.

Aproveitando o tempo que ainda tínhamos juntos, Berta e eu sempre líamos os jornais do dia anterior, a maioria deles em inglês. O senhor Omer os conseguia em um hotel de luxo, e nós, armados com um dicionário inglês-alemão, logo devorávamos aquelas preciosas fontes de informação. Poucos dias antes da conversa com a senhora Greenwood, lemos uma matéria sobre a batalha naval que se desenvolvia no Atlântico. No início da guerra, os famosos U-boats tinham dado uma grande vantagem à Alemanha e, por algum tempo, ela tinha dominado os mares. Apenas no início de 1943 os Aliados conseguiram reverter a situação, localizando os submarinos com ajuda de radares e sonares e explodindo-os, utilizando cargas de profundidade. O que antes era só mais uma notícia da guerra havia se tornado um assunto de vital importância para nós. Anos mais tarde, soubemos o número assombroso de submarinos alemães destruídos: 783.

A senhora Bareau sorriu e perguntou:

– Podemos preparar o casamento? Conheço um rabino que fala ladino.

A vida em Istambul, que tinha ficado monótona enquanto esperávamos definições, agora voltava a acelerar o passo, e as coisas aconteciam com incrível velocidade. Berta e eu nos casamos no dia 10 de janeiro de 1944, com direito a uma discreta festa na pensão. Foi muito emocionante, todos estavam chorosos. Após anos de tensão e tragédias, aquele grupo de pessoas presenciava um acontecimento alegre. Pensei em David e em Salvator que, em tempos de paz, fariam parte da comemoração, e rezei por eles. Poucos dias mais tarde, recebemos documentos temporários já com visto de permanência no Brasil. No dia 26 de janeiro de 1944, zarpamos de Istambul a bordo do navio MS Formosa, a caminho de Gibraltar, de onde outro navio, de nome Jamaique, nos levaria ao porto de Santos para a nova vida no Brasil.

A viagem para Gibraltar foi nossa tão desejada lua de mel, presente da senhora Greenwood e da senhora Bareau, que pagaram do próprio bolso a diferença de preço dos bilhetes da terceira para segunda classe do Formosa. Na terceira classe, os dormitórios eram divididos em masculinos e femininos, o que não permitia a intimidade com a qual tanto sonhávamos. Sou muito grato pelos belos dias que tivemos de lua de mel, a sorte deixou o mar calmo e as temperaturas amenas no Mediterrâneo. Parecíamos duas crianças que, após longa espera, estavam descobrindo seus corpos com alegria e descontração, sem pudor e sem medo. O sexo foi apenas um complemento, uma extensão dos nossos sentimentos, e isso o tornava ainda mais especial. O caminho para Gibraltar durou pouco mais de uma semana e ficou nas nossas memórias como o tempo mais feliz e relaxado da nossa vida.

Ainda em Istambul, o Omer também nos entregou as passagens de terceira classe de Gibraltar até Santos, compradas com fundos provenientes do senhor Farhi. Ao contrário da viagem confortável nas águas calmas do Mediterrâneo, o trajeto de Gibraltar até a América do Sul foi bastante acidentado.

Remexendo meus papéis, encontrei meu diário de bordo do Jamaique. Embora não muito extensas, aquelas páginas descrevem a viagem muito bem.

Lua de mel no Jamaique

Jamaique, 7 de fevereiro de 1944
(300 km a oeste de Gibraltar)

Jamaique é um navio de 10 mil toneladas que deveria desenvolver velocidade de cruzeiro de 20 km/hora. Digo "deveria" porque ficou claro desde o começo que não desenvolve nem 15 km/hora. Leva passageiros e carga da Europa para a América do Sul, e a rota programada é Gibraltar, Dacar, Rio de Janeiro, Santos, Montevidéu e Buenos Aires. São mil pessoas a bordo, duzentos tripulantes, cem passageiros na primeira classe, cem na segunda e seiscentos na terceira. Logo na entrada, ficamos estarrecidos com a sujeira e a fumaça que cobrem toda a área da terceira classe. O horror foi ainda maior quando conhecemos os dormitórios. Sabíamos que não haveria cabines confortáveis, mas nos deparamos com uma realidade muito pior que o esperado.

Fiquei no menor dormitório masculino, com cem beliches amontoados, um colado no outro. Por serem baixos, não se pode sentar nesses beliches e só é possível entrar num deles rastejando de um para o outro, o que obriga todos a se deitar cada um em seu lugar, sem demora. Ainda assim, o espaço que ocupo é um dos melhores, porque fica perto da escotilha e recebe algum ar fresco. Problema mesmo é quando alguém precisa ir ao banheiro durante a noite. É muito inconveniente, e cada um tem de se segurar como pode.

A cabine de Berta tem uma escotilha ainda menor, mas a área também é menor em tamanho. São só onze beliches e cinco berços, que só podem entrar depois que a maioria estiver deitada. Ali é mesmo impossível sair durante a noite, por maior que seja a emergência. E é onde dormem algumas mulheres grávidas.

Ainda pior que os alojamentos são os banheiros e a lavanderia. Quatro vezes ao dia a tripulação joga ali alguma substância desinfetante, mas o fedor continua terrível, e a permanência nesses ambientes é quase insuportável. Mesmo assim, na entrada sempre se formam longas filas de pessoas tristes, cansadas, debilitadas e humilhadas. A capacidade dessas dependências nem de longe é suficiente para atender aos seiscentos infelizes da terceira classe. "Meu Deus, que saudade do Formosa!"

As primeiras horas a bordo foram terríveis. Estouravam constantes brigas, ora por causa de espaço nos dormitórios, ora por espaço no refeitório ou no convés. Assim que o Jamaique atingiu mar aberto, começou outro calvário: as sensações esquisitas no estômago provocadas pelo balanço das ondas mais altas. Logo não se achava um lugarzinho sequer que não estivesse emporcalhado de vômito. O cheiro era intolerável!

Por isso, não foi uma surpresa quando o capitão ordenou limpeza geral no navio, convocando a tripulação e os maiores interessados, os passageiros da terceira classe. Armados com material de limpeza, conseguimos melhorar bastante o ambiente. O resultado foi a trégua das constantes brigas, e ficou claro que estávamos pouco a pouco nos entrosando e nos acostumando à realidade, em que cada um dispunha de um espaço diminuto.

Pela manhã e à noite o ar ainda está fresco, mas dá para perceber que estamos chegando mais perto do Equador. Berta tem preferido passar a noite no convés, ela não consegue dormir por causa do calor. Durante o dia, achamos um pequeno espaço no deque, bem na frente da porta da cabine de um dos oficiais. Em geral, esses locais não podem ser ocupados, mas o oficial, senhor Joaquim, que é português e consegue entender nosso ladino, vendo o amontoado de gente lutando por um lugar, gentilmente nos convidou a ocupar aquele precioso espaço.

À tarde, ali chega a música do piano que alguém toca na primeira classe. É bom demais! Podemos ficar a maior parte do tempo juntos e até trocamos alguns beijos furtivos de vez em quando. Sexo na terceira classe do Jamaique é algo impensável, e logo senti na pele que ter a mulher amada ao lado sem poder tocá-la tem aspectos de tortura medieval.

A bordo, falam-se todos os idiomas e dialetos que se pode imaginar. Ouve-se iídiche, alemão, russo, turco, árabe, grego, holandês, francês, tcheco, búlgaro, sérvio, espanhol, húngaro, português, inglês e línguas escandinavas. Nunca vi algo tão parecido com a Torre de Babel!

Jamaique, 11 de fevereiro de 1944
(300 milhas ao norte de Dacar)
Passaram-se mais quatro dias e hoje completamos oito a bordo do Jamaique. Desde ontem venta bastante, as ondas são maiores, mas agora estamos mais acostumados e são poucos aqueles que estão mareados. Andamos com as pernas bem abertas e a sopa balança nos pratos, mas é só isso. No geral, estamos nos sentindo melhor, e alguns até ensaiaram um protesto por causa da má qualidade da comida. Em consequência, até houve uma pequena melhora, mas não sabemos por quanto tempo. Hoje o clima mudou, apareceu um vento gelado que nos obrigou a procurar abrigo no interior do navio, onde a vida é muito mais dura.

Após tanto tempo espremidos, começam a se formar grupos de passageiros de acordo com a língua e a cultura de cada um. Antes de subir a bordo, todos tinham vivido acontecimentos dramáticos, passado por poucas e boas, e era comum ouvirmos relatos surpreendentes e assombrosos.

Passamos horas e horas jogando xadrez e gamão. Estamos quase isolados do resto do mundo. O capitão manda um curto informativo a cada três ou quatro dias, com algumas notícias recebidas pelo rádio. É pouco, mas esse boletim é aguardado por todos nós. A bordo há uma pequena biblioteca, e Berta teve a ideia de pegar livros em inglês e espanhol e tentar melhorar nossos conhecimentos nessas línguas. Em voz alta, uma pessoa do grupo tenta ler uma frase, depois, com ajuda do dicionário, traduzimos juntos. Sai cada coisa, às vezes sem sentido algum, e todos rimos e nos divertimos muito. Assim o tempo passa muito mais rápido.

Foi uma pena navegarmos ao lado das Ilhas Canárias durante a noite – a única coisa que vimos foram algumas luzes. Mesmo assim, foi emocionante sentir a proximidade daquele outro mundo distante da guerra e do aperto de um navio, tão melhor que o nosso.

Hoje uma densa neblina toma conta de tudo, por isso ainda não enxergamos a costa da África. Já vimos alguns pequenos barcos pesqueiros dançando nas ondas do oceano. Impressionante. Ficamos tontos só de ver! Estamos com uma vontade louca de chegar em Dacar e sair do navio, nem que seja por poucas horas. Quero comprar umas frutas para Berta, que não está se alimentando como deveria. Isso me preocupa.

Na saída de Dacar, vou descrever essa nossa curta experiência africana. Se não anotar agora, temo que essas lembranças se percam no meio das novas emoções que nos esperam em nossa nova pátria, o Brasil.

Ainda vale mencionar que ontem uma pessoa passou mal por causa do calor dentro da cabine, mas graças a Deus, logo se recuperou. Além disso, uma criança de sete meses não resistiu à febre alta e faleceu.

Jamaique, 15 de fevereiro de 1944
(9°N, 21°W, perto de Dacar)

Anteontem, depois do almoço, começamos a enxergar a costa africana. Chegando mais perto da terra, os pequenos barcos pesqueiros com vela quadrada se aproximaram do navio. Também começamos a ver edificações, algumas barracas longas, que devem ter abrigado militares, e muitas pequenas cabanas com formas e cores indescritíveis. Tudo muito diferente e exótico, ainda mais porque a costa toda está coberta por inúmeras palmeiras exuberantes.

Quase chegando ao porto principal, avistamos uma ilha com fortificações militares. Primeiro, o Jamaique teve de parar ali para cumprir todas as formalidades de desembarque, que não devem ser poucas. Levou horas. Uma vez ancorados no porto, Berta e eu corremos para o correio para despachar cartas e cartões postais para amigos e parentes. Quando nos demos conta, já eram sete da noite, e tivemos que começar a voltar para o navio. Não deu para ver coisa alguma da cidade e mal conseguimos comprar umas frutas.

Tanto em Istambul quanto em Gibraltar tínhamos visto algumas pessoas negras, algo novo para mim e para Berta. Na Bulgária não havia negros nem orientais. Só sabíamos da existência deles por meio dos livros e do cinema. Bem, em Dacar vimos muitos negros. As roupas que vestem têm estampas multicoloridas e compõem uma cena incrível. Havia aqueles que aparentavam ser muito saudáveis e com a silhueta atlética dos deuses gregos, mas a maioria era gente doente e bastante acabada. Alguns andavam em impecáveis vestes brancas, outros trajavam trapos sujos e rasgados.

No caminho de volta para o navio fomos cercados por uma multidão que queria vender objetos de falso marfim, artesanato de pele de crocodilo. Ofereciam também comida, como bananas e chocolate, pelo qual pediam 150 francos franceses, para em seguida, sem constrangimento, vender por 50. Tudo tinha de ser negociado com paciência até chegar a um preço mais ou menos justo. Muitos queriam comprar dólares e ofereciam 50 francos, mas pagavam até 150.

No final das contas, acabei comprando uma espécie de espreguiçadeira dobrável para Berta e após longa conversa paguei 500 francos. Muitos outros compraram a mesma espreguiçadeira, que parecia bastante útil para a viagem. Já de volta ao navio, descobrimos que alguns pagaram 1.200 francos pela mesma espreguiçadeira, sendo que outra pessoa havia pago 400. Foi divertido ver a reação daqueles que só depois constataram que tinham sido enganados e acabado de jogar dinheiro fora.

Voltando para a rotina a bordo, logo descobrimos que no calor tropical as cabines não servem de nada. Por isso, temos de defender com unhas e dentes nosso lugar ao ar livre, que conquistamos muito antes, quando ainda fazia frio. O senhor Joaquim nos ajuda como pode.

Algum ignorante, tentando conseguir um espaço do lado de fora, espalhou o boato de que no Equador vamos ter que enfrentar tempestades de neve. É bastante engraçado ver que muitos acreditam. Teve gente que cedeu seu lugar no convés com medo do frio. Meu Deus... Santa ignorância!

Com o calor cada vez mais forte, os banheiros fedem tanto que antes de entrar tem que tapar o nariz por completo. Parece que o navio passou a usar combustível de muito má qualidade, comprado em Dacar. Da chaminé saem faíscas sem parar, e tudo em volta está coberto por uma poeira escura, que deixa os passageiros sujos e cheirando mal, mesmo logo após o banho. Assim navegamos bem devagar em direção ao Equador, contando os minutos deste suplício.

Jamaique, 21 de fevereiro de 1944
(600 milhas a leste do Brasil)
Estou perdidamente apaixonado por Berta. Ela é tudo aquilo que eu poderia sonhar e muito mais. Além do amor, sinto uma profunda admiração por aquela baixinha corajosa, que encanta todo mundo em volta com seu bom humor, otimismo e bom senso.

Berta é incansável na ajuda que presta a todos que necessitam. Como é muito organizada e eficiente – sem ser pedante, sempre de bom humor e com sorriso nos lábios –, todos gostam dela e contam-lhe seus problemas. Por causa disso, somos bastante conhecidos no navio, e a maioria dos passageiros é amável conosco. Tenho absoluta certeza de que quando a conhecer, Salvator vai gostar muito dela. Ela é tão parecida com aquela garota que ele sonhava encontrar um dia...

Como era de se esperar, não tivemos nenhuma tempestade de neve cruzando o Equador. Pelo contrário, tivemos um grande alívio: vento! Por causa dele, a sensação térmica está muito agradável, ainda mais à noite. No nosso convés, agora somos pelo menos oitenta. A maior parte fala alemão, francês ou espanhol, mas ouve-se também russo, italiano e inglês. Todos vivendo em paz. Em pleno 1944 isso é uma ironia, pois, nas frentes de guerra, a inimizade e o rancor dessas nações culminam na morte de muita gente todos os dias. Aqui, pelo contrário, nós nos ajudamos como podemos. Protegemos o espaço do nosso vizinho quando ele vai ao banheiro. São coisas simples, mas valem muito.

Agora falta pouco, e o Rio de Janeiro está à nossa espera. Há quanto tempo Berta e eu não temos um pouco de privacidade... Mais um pouco de paciência, Licco!

Jamaique, 29 de fevereiro de 1944
(ainda longe do Brasil)
Ainda estamos bem longe do Rio de Janeiro. Na verdade, estamos mais longe agora do que estivemos uma semana atrás.

De repente, na noite do dia 24 de fevereiro, fomos surpreendidos por uma tempestade como eu nunca tinha visto. As ondas se espatifavam no convés e levavam tudo consigo. Pareciam lábios gigantescos que, em breves momentos, envolviam o navio todo. Abrigados dentro do navio, em pânico, assistíamos à fúria do oceano. O balançar foi medonho, não teve estômago que aguentasse. Todo mundo passou mal, e as rezas desesperadas se proliferaram pelo navio em todas as línguas.

O Jamaique se arrastava bem devagar e de repente ficamos sem iluminação. Tudo escuro e um barulho esquisito saindo das máquinas. O navio ficou quase à deriva, o capitão tentava usar a pouca força da máquina para receber as ondas de frente. Como bom mecânico, eu soube que a máquina estava perto de uma pane completa só pelo barulho. Sem o motor, era apenas questão de tempo para que as ondas gigantes acertassem o navio indefeso pelo lado. Aí naufragaríamos de verdade.

Alertei os companheiros do nosso grupo, e logo procuramos os coletes salva-vidas. Por sorte conseguimos nos preparar para o pior antes que todo mundo percebesse a gravidade da situação. Decidimos nos manter em grupo todo o tempo, principalmente para defender nossos coletes em caso de naufrágio e tumulto generalizado. Tudo indicava que não havia salva-vidas para todos os passageiros, e era importante estarmos preparados para qualquer emergência.

Passamos quase seis horas nessa agonia, até que a tempestade cedeu e, quase ao mesmo tempo, o motor do Jamaique parou por completo. "Foi Deus!", pensei. Se o motor pifasse um pouco antes, estaríamos perdidos.

Com o navio parado, o calor ficou insuportável. Fedor de vômito por todo o lado. O material de limpeza, que já era escasso antes, acabou de vez. Sem qualquer tipo de desinfetante, com todos os espaços internos em estado lastimável, ficou impossível fazer uma limpeza razoável. Democrática, a tempestade também afetou os passageiros da primeira classe e agora não existe um só lugarzinho limpo sequer.

Ontem à tarde, avistamos um navio que tinha atendido nosso pedido de socorro. Mas nossa alegria durou pouco. Era um cargueiro de bandeira panamenha, que não tinha como nos ajudar muito. Alguns tripulantes vieram nos visitar, mas não demoraram a bordo, talvez pelo mau cheiro que agora impregnava todas as dependências e até a primeira classe. Em seguida, voltaram com alguns barris de água potável, que já começava a faltar, e com grande quantidade de material de limpeza. Assim, nos dias que se seguiram, pudemos iniciar uma grande operação de higienização do navio inteiro.

O capitão acabou de nos avisar que um rebocador brasileiro vai chegar logo e vai nos levar ao porto mais próximo. Aleluia!

Jamaique, 1º de março de 1944
(a caminho de Belém)
O rebocador brasileiro acabou de chegar e, com ele, recebemos mais água e nova esperança. Agora não estamos mais indo para o Rio de Janeiro, mas para o porto mais próximo, Belém. Nem sabíamos que uma cidade com esse nome existia nessa parte do mundo. A tempestade e as correntes marítimas tinham arrastado o Jamaique para oeste, próximo à foz do rio Amazonas. Não importa o nome ou a localização – a essa altura, tudo o que queremos é sair do navio, tomar banho, vestir roupas limpas e fazer uma boa refeição!

Jamaique, 3 de março de 1944
Chegando! Estamos chegando! Durante o dia todo, gaivotas anunciavam a proximidade da terra. Agora é noite, e a lua cheia permite perceber que estamos navegando ao longo da costa. A América do Sul está logo ali. Alguém informa que estamos passando pela ilha de Marajó, já no rio Amazonas, e que cedinho chegaremos a Belém. A bordo, ninguém dorme de tanta ansiedade.

Belém, vida nova

O Senhor disse a Abrão: sai-te da tua terra,
da tua parentela, e da casa de teu pai,
para a terra que eu te mostrarei.
(Gênesis, 12:1)

Finalmente atracamos e saímos do navio. Ainda no mar foi constatado que o Jamaique não tinha conserto em curto prazo, portanto a saída era definitiva. Alguns, com mais dinheiro, conseguiram outra passagem para Santos no mesmo dia.

Percebendo que tínhamos que tomar uma decisão, Berta me chamou para uma rápida conversa. Com olhar sapeca, lembrou que ninguém nos esperava em Santos e que valia a pena passar pelo menos uns dias em Belém. Concordei na hora. Poderíamos reiniciar nossa lua de mel, interrompida havia mais de um mês. Berta e eu tínhamos as mesmas segundas intenções, por isso trocamos aquele olhar maroto. Que maravilha ter uma esposa-amante.

O desembarque foi uma cena dantesca: mil almas sofridas, fedorentas e exaustas abandonando o navio-fantasma. Carregando seus escassos pertences, desembarcavam e beijavam o solo brasileiro. Até os funcionários da alfândega se emocionaram com a cena.

Uma última olhada no triste e abandonado Jamaique, e Berta exclamou:

– Jamais Jamaique! Nunca, nunca mais!

Só agora, relembrando os dias a bordo do Jamaique, percebo como aquela viagem fora difícil para ela. Uma vida nova em um mundo novo, em uma pátria nova, acabava de começar.

– Pelo amor de Deus, onde fica a pensão mais próxima nesta cidade?

Resolvidas as questões mais urgentes, após uma noite de sono reparador numa cama de verdade, saímos para conhecer Belém. Aprendemos bem rápido que a cidade era quente, muito quente. O ar, bastante abafado mesmo quando ventava. A umidade devia ser altíssima! Chovia bastante, mas a água quente parecia não molhar.

Passamos o dia suando muito, a roupa mais molhada pelo suor do que pela chuva, e à tardinha voltamos exaustos à pensão, que levava o sugestivo nome de Paraíso. Encontramos alguma dificuldade para escolher a comida, porque a culinária era muito exótica. Reparamos logo que lá tudo era muito barato e que muitas coisas básicas eram difíceis de achar.

A cidade era bonita – muito verde, mangueiras e outras árvores frondosas sombreando as principais ruas e avenidas. Em certas épocas do ano devia ser perigoso andar debaixo delas, quando ficavam carregadas de frutas. Muitas, nunca tínhamos visto. Algumas eram deliciosas; outras, tão diferentes que não conseguíamos decidir se gostávamos ou detestávamos. Era de fato um mundo novo.

Ficamos impressionados com a quantidade de casas grandes e bonitas, algumas, verdadeiros palacetes.

A maior parte das construções, no entanto, estava em estado precário de conservação e muitas, abandonadas. Tudo indicava que a economia local já tinha conhecido dias melhores havia não muito tempo.

Também me chamou a atenção a calma das pessoas, que não tinham pressa para nada. Durante uma daquelas chuvas típicas de Belém, que caem sempre na mesma hora, todos os dias, entramos num pequeno bar e pedimos café – servido pequeno, doce e forte no Brasil. Na hora de pagar, descobrimos que uma das pessoas com quem conversamos na entrada já tinha pagado nossa conta e ido embora, sem mais nem menos. Não se tratava do valor, que era baixo, mas era algo bem diferente de tudo o que conhecíamos.

– São muito gentis e generosos – Berta disse. – Estou encantada com a tranquilidade e com a bondade destas pessoas. Dá para perceber que aqui não sofreram tanto com a guerra.

Mais tarde entendemos que era só meia verdade. Por causa da guerra, quase tudo era racionado ou faltava por completo por lá, de pão a luz elétrica. À noite, o ventilador, que deveria aliviar o calor no nosso quarto, permanecia parado. Ficávamos deitados no escuro, banhados em suor, até que uma brisa amiga nos ajudava a adormecer.

Em 1944, Belém tinha pouco mais de duzentos mil habitantes. A maioria da população era pobre, poucos viviam em melhores condições e tinham automóveis. Considerando minha profissão, isso era importante. Mas, por falta de peças, havia campo apenas para mecânicos bons e criativos. Foi aí que vislumbrei uma boa oportunidade de negócio.

– Acha que vale a pena procurar trabalho aqui ou seguimos viagem até o Rio de Janeiro?

Berta ficou pensativa por um momento e respondeu:

– Gostaria de passar mais um tempo aqui. Ainda estou enjoada do Jamaique e não tenho condições de enfrentar outro navio. Além disso, quero aprender mais sobre a culinária local. Adorei o sabor do tucupi, do jambu e dos outros condimentos, cujos nomes nem aprendi ainda e que dão um toque indígena peculiar à cozinha paraense. Também precisamos passar mais tempo no mercado, o tal Ver-o-Peso. Outro dia li que esse mercado está ali na margem do rio Guajará desde 1625 e que naquela época funcionava como entreposto fiscal, onde todas as mercadorias eram pesadas para que calculassem o imposto devido à coroa portuguesa. Era literalmente para *ver o peso*. – Berta estava encantada com a cultura local.

– Você viu a variedade de peixes no mercado? São típicos desta região, que mal conhecemos – eu disse, também empolgado com a vida em Belém. – Muito gostosos, por sinal. A tal pescada, seja ela branca ou amarela, poderia fazer parte do cardápio dos restaurantes mais caros do mundo.

Os aromas de Belém também haviam seduzido Berta, mesmo porque, depois de um mês a bordo do Jamaique, ainda estávamos meio traumatizados pelo mau cheiro do navio:

– São tantas ervas, cheiros e perfumes artesanais! Repare que a maior parte das pessoas, apesar do calor sufocante, está bem cheirosa. Deve ter mercado para essas fragrâncias no mundo inteiro – completou Berta.

Poucos dias depois percebemos que, na verdade, ficaríamos muito mais tempo em Belém e que Berta não estava enjoada do Jamaique, mas do nosso primeiro filho, Daniel.

Com o passar do tempo começamos a entender melhor a realidade da cidade. Fizemos alguns amigos e fomos informados de que a sinagoga Shaar Hashamaim estava em pleno funcionamento. Essa foi uma agradável surpresa. Sabe-se que em quase todos os lugares com razoável atividade econômica há judeus. Mas em Belém? Francamente, não esperávamos.

No dia seguinte era véspera de Shabat. Vestidos com nossas melhores roupas, dirigimo-nos à sinagoga. Ficamos surpresos com a quantidade de pessoas que ali estavam.

– Meu Deus, aqui tem uma comunidade grande! – disse a mim mesmo, tomado de surpresa.

Na Shaar Hashamaim, como em todas as sinagogas tradicionalistas sefaraditas, as mulheres ficam na parte de cima, numa espécie de mezanino, e os homens, na parte de baixo de frente para o *Hehal*, onde estão guardados os *sefarim*, os sagrados rolos da Torá. A reza era tão familiar que tive a impressão de estar em Sofia. Contudo, o suor abundante logo me lembrava de que estava nos trópicos e bem longe da Bulgária.

Achei uma cadeira vaga e me sentei. Como a sinagoga também é um lugar de socialização, não demorou muito e um homem que parecia ter minha idade, alto e moreno, me ofereceu o livro de rezas do Shabat e sentou-se ao meu lado. Após se certificar de que eu era familiarizado com o rito, meu vizinho mostrou interesse em conversar. Em Belém, os forasteiros são raridade, e foi fácil perceber que meu novo conhecido estava curioso.

– *Shabat shalom!* Sou Moyses Bentes. Vejo que o senhor é novo aqui.

– *Shabat shalom!* Meu nome é Licco Hazan. Fale devagar, por favor. Ainda não falo português, mas consigo entender boa parte.

– Você fala espanhol, e isso facilita muito.

– Na verdade, falo ladino, que deve ser parecido com português.

Foi aí que o senhor Bentes ficou interessado e se seguiram mil perguntas:

– Ladino? Você também é sefaradita? Da Síria ou do Egito na certa! Veio a negócios?

– Não, não vim a negócios. Eu e minha esposa Berta somos judeus sefaraditas da Bulgária, chegamos semana passada no navio Jamaique, aquele que ainda está no porto – respondi e indiquei Berta, que para minha satisfação se encontrava no meio de uma conversa animada com outras senhoras.

– Interessante! Na verdade, você já se comunica bem. Pelo jeito sua esposa também. Vejo que ela está conversando com Débora, minha esposa, e outras amigas. Qual é a sua profissão?

– Eu sou mecânico de automóveis. Sem falsa modéstia, posso afirmar que sou um bom mecânico.

– Mecânico... – ele repetiu pensativo. – Aceitaria um convite para jantar na minha casa depois da sinagoga? Faremos um jantar de Shabat com toda a família. Tudo muito modesto.

Assim conheci Moyses, companheiro querido, que deixou saudade. Fomos amigos por mais de sessenta anos. Deus o levou alguns poucos anos atrás. Foi ele quem nos apresentou a comunidade judaica de Belém e nos contou a formidável e surpreendente história da imigração dos judeus marroquinos para a Amazônia.

Naquela mesma noite, aprendemos que Belém tinha sido uma cidade riquíssima no início do século XX, quando a Amazônia atingiu o auge da prosperidade e da euforia econômica, causadas pela exploração da borracha. O início da extração da borracha em escala comercial data de 1850, mas o ápice tinha sido na primeira década de 1900, período em que a Amazônia chegou a produzir assombrosas 345 mil toneladas do precioso látex. Tratava-se, naquela época, de uma fortuna incalculável, que tinha transformado os barões da borracha em alguns dos homens mais ricos do mundo. Mas a euforia durou pouco e sofreu, a partir de 1910, o impacto devastador da heveicultura inovadora da Malásia, do Ceilão e mais tarde da Indonésia. Daí a decadência da cidade, que por algumas décadas foi tão próspera.

– Quer conhecer um pouco mais do Brasil? Vou lhe emprestar um livro muito bom – disse Moyses. – Chama-se *Brasil, país do futuro*.

Olhei para o livro e não pude conter a surpresa:

– Stefan Zweig! Já li alguns livros dele. Adorei o romance *Amok* e um outro que, se não me engano, chama-se *Angústia*. É um dos escritores mais brilhantes deste século! Não sabia que havia conhecido o Brasil e escrito sobre o país.

– Não só escreveu como também morou aqui e está enterrado em Petrópolis, perto do Rio de Janeiro. Há pouco tempo, cometeu suicídio junto com a esposa. Foi um grande escândalo e comoveu o país inteiro.

Abri e folheei o *Brasil, país do futuro*, cuja primeira edição havia sido publicada três anos antes, em 1941. Uma frase, que li em voz alta, logo atraiu a minha atenção e me deixou impressionado, pois descrevia com sensibilidade e exatidão a essência da tão colorida nação:

> *Considerando que o nosso velho mundo é, mais do que nunca, governado pela tentativa insana de criar pessoas racialmente puras, como cavalos e cães de corrida, ao longo dos séculos a nação brasileira tem sido construída sobre o princípio de uma miscigenação livre e não filtrada, a equalização completa do preto e branco, marrom e amarelo.*

– Adorei! Quero fazer parte dessa confusão colorida! – adicionou Berta.

Naquele jantar agradável com a numerosa família Bentes, soubemos mais detalhes do fantástico êxodo judaico, primeiro da Espanha e de Portugal para o Marrocos e depois do Marrocos para a Amazônia. Conhecíamos um pouco da fuga dramática da inquisição, mas não tínhamos ideia da existência de uma comunidade tão grande no Marrocos.

Aprendemos que, assim como os judeus búlgaros, os marroquinos têm suas origens na Península Ibérica. As perseguições contra os hebreus naquela região tinham chegado ao ápice no final do século XV. Até então, a vida nas juderías espanholas e nas *aljamas* portuguesas não tinha sido fácil, mas foi só com as perseguições sistemáticas promovidas pela inquisição que a fuga da Península se tornou uma necessidade – questão de vida ou morte.

Primeiro, os judeus espanhóis fugiram em massa, em 1492. Depois foi a vez dos judeus portugueses, expulsos pelo rei D. Manoel, em 1496. A maior parte desses dois grupos escolheu Marrocos pela proximidade geográfica. Outros se aventuraram até o Império Otomano, que naqueles tempos incluía Egito, Síria e os Bálcãs. Pela tolerância racial e religiosa, o terceiro destino preferido foram os Países Baixos, de onde alguns embarcaram para Recife, acompanhando as forças invasoras de Maurício de Nassau. Mais tarde, com a expulsão dos holandeses de Pernambuco, eles navegaram até o mar do Caribe, onde se espalharam por várias ilhas. Alguns continuaram até a América do Norte e se estabeleceram nas terras onde hoje está a cidade de Nova York.

Trezentos anos depois, no início do século XIX, no tempo de Napoleão e seu império, os judeus marroquinos iniciaram um novo êxodo, dessa vez para a Amazônia. Vários foram os motivos que desencadearam esse processo: políticos, econômicos, sociais e religiosos. Naquela época, em Marrocos, a pobreza era geral, mas os judeus eram ainda mais pobres. As condições sanitárias das cidades marroquinas eram as piores possíveis. Peste e outras epidemias assolavam a população, e a fome era algo comum a todos os marroquinos, judeus ou não. Além disso, a animosidade de parte da população e das autoridades ajudava a entender por que esse segundo êxodo teve tanta adesão.

Mas por que para a Amazônia? São várias as teorias. As grandes transformações ocorridas naquela mesma época no jovem país chamado Brasil contribuíram muito, tais como a abertura dos portos para o resto do mundo em 1808, a extinção da inquisição em 1821, a Constituição Imperial de 1824, a liberdade de cultos religiosos – consequência da Proclamação da República dos Estados Unidos do Brasil em novembro de 1889 – e, por fim, a abertura do rio Amazonas para a navegação de todas as nações, cedida ainda pelo imperador D. Pedro II, em 1876.

Somados os dois cenários – a vida precária no Marrocos e a mirabolante perspectiva de uma nova Terra da Promissão, uma nova Canaã –, fica mais fácil compreender aquele êxodo formidável, que deixou marcas profundas na formação do caldeirão demográfico da Amazônia.

De volta ao nosso quarto no Paraíso, depois do jantar de Shabat, não conseguíamos dormir. Eram muitas novidades para um dia só. No quarto escuro, Berta e eu permanecemos conversando até de madrugada, ainda sem acreditar que em Belém tinha mais outra sinagoga, Essel Abraham.

– No total deve haver mais de quinhentas, talvez seiscentas famílias judias só em Belém! Sem contar outras famílias que moram em cidades do interior, no meio da floresta mesmo – me contou Berta, espantada com a descoberta.

– Moyses falou também sobre uma grande comunidade em Manaus, cidade distante daqui, um pouco menor que Belém. Pelo rio Amazonas, são 1.500 quilômetros. Ainda mais distante, no Peru, a cidade de Iquitos também abriga judeus provenientes do Marrocos. É até difícil de acreditar!

Imaginávamos como haviam conseguido chegar até lá: como subiram o grande rio contra a correnteza, sem a ajuda de máquinas, apenas no remo e no vento? Como se aventuraram não só nas grandes cidades, mas também pelo território enorme e selvagem da Amazônia? Sem dúvida, tinham sido importantes protagonistas na tal Primeira Batalha da Borracha, iniciada na metade do século XIX e concluída por volta de 1915, como Moyses Bentes nos informou.

É a história mais louca que alguém pode imaginar. A vida real é, insisto, ainda mais inventiva e fantástica do que qualquer criação da mente humana.

No dia seguinte, despedimo-nos dos últimos companheiros da travessia do Atlântico que ainda estavam em Belém, também hospedados no Paraíso. Seguiriam viagem para uma grande cidade no sul do Brasil, chamada São Paulo. Góran era croata e tinha sido nosso professor de xadrez no Jamaique. A filhinha tinha passado mal nos últimos dias de viagem e por essa razão ele, a esposa e a criança foram obrigados a passar mais algum tempo em Belém. Às vezes os ajudávamos, quando não conseguiam se comunicar em português. Agora a pequena estava bem, e era hora de partir. Vieram nos abraçar pela última vez, quando Góran me chamou de lado:

– Licco, quero que você saiba algo importante. Vocês são os primeiros judeus que conheço. Tinha uma ideia errada e acabava não gostando dos judeus. Agora sei que vocês são gente como nós" e estou muito feliz e agradecido de tê-los conhecido. Espero um dia nos encontrarmos de novo para que eu possa lhe ensinar uma entrada de partida do maior mestre do xadrez, Capablanca. Ele é genial.

– Pelo menos o Jamaique serviu para alguma coisa – respondi emocionado.

Abraçamo-nos e eles partiram.

Esse episódio ficou na minha memória por todos esses anos. Foi uma demonstração de que o preconceito contra negros, judeus, árabes e qualquer outra etnia ou nacionalidade são gerados não pelos fatos, mas pela ignorância ou pelo medo de tudo o que é diferente.

Agora que estava decidido que iríamos ficar em Belém, era tempo de procurar trabalho. Berta visitou diferentes empresas, mas não demorou muito para entendermos que Belém estava cheia de guarda-livros desempregados. Percebemos então que precisávamos parar de gastar tanto do nosso escasso dinheiro com pensão e alugar uma pequena casa.

Por sorte, recebi algumas ofertas e prestei alguns pequenos serviços, mas nada muito significativo. Pelo menos começava a ficar mais conhecido, e o pessoal do ramo sabia que eu estava no mercado. Sentia-me bastante confiante, porque logo percebi que era mais preparado que meus colegas de profissão. Se é verdade que em terra de cegos quem tem um olho é rei, eu tinha dois! Não iria demorar até que alguém precisasse de um profissional qualificado como eu.

Enquanto estávamos sem ocupação fixa, aproveitamos para conhecer a cidade. Ficamos fascinados com o Forte do Presépio, antiga fortificação portuguesa nas cercanias de outros monumentos: a Casa das Onze

Janelas, a Igreja de Santo Alexandre e a Catedral Metropolitana. Berta podia passar o dia inteiro admirando aquelas construções antigas, repletas de histórias. Outros locais de que gostávamos muito eram a Praça da República, onde fica o belo Theatro da Paz, e o Bosque Rodrigues Alves, um pedaço selvagem da floresta Amazônica bem no centro da cidade.

Mas, graças a Deus, a folga durou pouco e logo fui procurado por um proprietário de oficina, senhor Nicolau, que sugeriu um teste no próprio carro, um Packard com mais de seis anos de uso, parado por falta de peças. "Que bela maneira de ter o carro consertado de graça e ainda examinar um novo funcionário!", pensei. Mesmo assim a oportunidade me interessava. Examinei o carro e descobri o defeito. Não era nada tão sério – mais dois dias de trabalho, e o Packard estava andando.

Terminado o teste, fechamos um contrato: senhor Nicolau iria pagar por tarefa e metade do valor cobrado pelo serviço ficaria comigo. Além disso, ele providenciaria as ferramentas e, quando necessário, compraria peças de reposição. Sobre as peças eu ainda detinha uma pequena comissão. Por insistência do senhor Nicolau, não assinamos um contrato escrito porque, segundo ele, nosso acordo não tinha prazo de validade – cada parte podia rescindir o contrato a qualquer momento. Não era uma maravilha para mim, mas agora eu podia contar com alguma renda e alugar uma pequena casa! Berta estava eufórica, e logo começamos a tecer planos para nosso futuro lar.

Para o essencial contamos com a ajuda dos novos amigos, principalmente Moyses e Débora Bentes.

Alugamos uma casa próxima à deles e compramos uma confortável rede, um velho fogão, uma mesa meio improvisada e duas cadeiras. Nada mal para quem havia chegado há duas semanas apenas. É verdade que eu ainda não tinha trabalho todos os dias, mas o que ganhava era suficiente – cobria direitinho nossas despesas e até sobrava alguma coisa. Ou seja: uma maravilha!

Dias depois de instalados na nova casa, ficou evidente que Berta estava grávida, como eu suspeitava havia alguns dias. Ela sofria de enjoos constantes, de sonolência, os seios cresciam e nada de menstruação! Os cálculos não deixavam dúvida: a semana paradisíaca que passamos na MS Formosa, atravessando o mar Mediterrâneo, renderia frutos. Um filho.

Em uma breve reflexão, quase não consegui assimilar o quanto minha vida havia mudado: "Vou ser pai, a mãe do meu filho é a mulher mais linda e carinhosa do mundo, estamos nos acertando no novo país, com a língua portuguesa, tenho emprego e ainda alguns novos amigos. Cinco meses atrás, estava preso em um campo de trabalhos forçados, sem perspectivas e correndo risco de vida". Nem em meus delírios mais loucos podia sonhar que em tão pouco tempo iria me casar, cruzar meio mundo, tornar-me um homem livre, um marido, um pai e ser tão feliz.

"Como a vida dá voltas!", pensei comigo.

Mais dois jantares de Shabat e aprendemos ainda mais algumas histórias sobre a Amazônia. Os judeus marroquinos tinham sido importantes personagens na ocupação inicial da Amazônia, mas houve outros, ainda mais importantes. A começar pelos indígenas de dezenas de tribos e seus descendentes mestiços, os caboclos. Portugueses e espanhóis chegaram em grande número, conquistaram o imenso território e depois, para sobreviver naquele ambiente hostil e desconhecido, alinharam-se aos nativos. Muitos dos colonizadores, na solidão da grande floresta, renderam-se aos encantos das índias e das caboclas cheirosas e carinhosas, e assim começou a grande miscigenação.

Dos arquivos do Estado do Pará, Moyses tinha transcrito um documento curioso da Coroa portuguesa. Tratava-se de um Alvará de Ley, impresso em Lisboa no dia 4 de abril de 1755, na Chancelaria-mor da Corte e Reino, que demonstrava como a miscigenação tinha representado um desafio importante no século XVIII e como foi tratada como assunto de Estado pela Coroa e por outras autoridades portuguesas. Um trecho do documento me chamou muito a atenção:

> *E outrossim proíbo que os ditos meus vassalos casados com índias, ou seus descendentes, sejam tratados com o nome de Caboucolos, ou outro semelhante... O mesmo se praticará a respeito das Portuguesas que casarem com índios: a seus filhos e descendentes, e a todos concedo a mesma preferência para ofícios.*

Os africanos, trazidos como escravos para o Brasil, inclusive para a floresta, também fizeram parte dessa história. Quase trinta mil desembarcaram nos portos da Amazônia antes de 1788.

Depois dos portugueses e dos negros africanos, já no século XIX, quase meio milhão de pessoas provenientes do Nordeste brasileiro migrou para a floresta. Essa enorme corrente humana, perseguida pela pobreza e pelas secas endêmicas que já assolavam o agreste e o sertão, queria desesperadamente fazer a tão promissora Amazônia. Com a borracha vieram os ingleses, que, naquela época, pertenciam a uma nação poderosa, cuja tecnologia era a mais avançada do mundo. Não foram muitos imigrantes ingleses, nem por isso foram menos importantes. A eles, a Amazônia deve a infraestrutura, avançada para aqueles tempos, incluindo navegação, portos funcionais, energia elétrica, água canalizada e esgoto, telégrafo, telefone, iluminação pública, bondes, bancos e até algumas quadras de tênis.

Para melhorar o colorido, por razões similares às dos judeus, chegaram também os sírio-libaneses, trazendo com eles cultura e estrutura familiar únicas e grande capacidade de trabalho. Alguns norte-americanos também se aventuraram na Amazônia, atraídos pela necessidade local de transportes mais eficientes – ferrovias, como a Madeira-Mamoré, portos, pontes e, mais tarde, aeroportos. No início do século XX, vieram os japoneses, que não se envolveram com a borracha, ocupando-se apenas da agricultura.

O processo migratório era bastante complexo. Em geral, primeiro vinham os homens ainda solteiros, portugueses, espanhóis, outros europeus, nordestinos, árabes e judeus. Sem perder tempo, eles se espalhavam pelo imenso território e tratavam de ganhar um pouco de dinheiro. Muitos se amancebavam com indígenas e caboclas, faziam muitos filhos com elas e só então mandavam buscar, em seus respectivos países, a mulher europeia com quem se casariam. Estava em pleno funcionamento, adaptada à realidade amazônica, a velha e preconceituosa máxima portuguesa de colonização: branca para se casar, mulata para se deitar e negra para trabalhar. Calcula-se que em 1942 viviam na Amazônia mais de duzentos mil descendentes de judeus marroquinos. A maioria era católica, mas preservava alguns hábitos judaicos, mesmo sem saber o porquê. Daí as pedras colocadas nas sepulturas mesmo nos cemitérios católicos, em localidades remotas do interior amazônico, e as velas acesas na sexta-feira à noite.

Portugueses, espanhóis e árabes deixaram seus rastros pelos povoados ao longo do grande rio. De 1850 a 1915 essa miscigenação de tirar o fôlego foi cenário da Primeira Batalha da Borracha. Quase três décadas mais tarde, com a vasta maioria vivendo na pobreza, mas em paz entre si, o povo da floresta Amazônica foi arrastado para a Segunda Batalha da Borracha, que veio com a Segunda Guerra Mundial. Apesar de desconhecê-la, foi no meio dessa batalha que Berta e eu chegamos à Amazônia.

– Os gringos invadiram a Alemanha!! – ouvi o grito do vendedor de jornais.

Saí correndo da oficina e comprei o jornal. Não era bem isso. Na verdade, os Aliados tinham invadido a Normandia, no norte da França. A gigantesca batalha ainda não acontecia em solo alemão, mas era sem dúvida o começo do fim da guerra na Europa. Era o dia 6 de junho de 1944, o Dia D.

Eufórico, procurei Moyses para compartilhar o momento de alegria e encontrei a família Bentes toda reunida. Junto à notícia animadora do desembarque na Normandia, chegou a convocação do irmão de Moyses, Samuel, para a Força Expedicionária Brasileira (FEB), enviada para a Itália há algum tempo. Vinte e cinco mil jovens brasileiros participavam daquela batalha sangrenta contra o Eixo. Estava cada vez mais claro que Inglaterra, União Soviética, Estados Unidos e os outros países aliados, entre eles o Brasil, estavam ganhando a guerra e que agora, a despeito da resistência feroz dos alemães, a vitória final parecia apenas questão de tempo e de milhares de vidas, que ainda continuavam sendo desperdiçadas nos campos de batalha. A insanidade ainda iria permanecer por quase um ano inteiro.

Rubber Development Corporation

Agora a barriga de Berta estava realmente grande. Ela continuava magra, mas a barriga... Eu costumava brincar que mais um pouco ela voaria como um balão de ar quente com pernas. A verdade é que barriguda Berta ficava ainda mais linda, e eu sentia um imenso carinho por aquela mulher corajosa, que confiava tanto em mim. Já dava para sentir a nova vida se desenvolvendo lá dentro do ventre dela.

Enquanto a barriga não parava de crescer, eu trabalhava mais do que nunca. Depois de quase dois meses na oficina do senhor Nicolau, surgiu uma proposta decisiva, que de repente mudou nossas vidas e ajudou a multiplicar meus ganhos. Fui convidado formalmente a ser funcionário da Rubber Development Corporation (RDC), criada havia pouco tempo com a finalidade de promover a produção e a logística interna da borracha na Amazônia, bem como o transporte do precioso material para os Estados Unidos, cujo esforço de guerra estava ameaçado pela repentina falta de borracha. Após o surpreendente ataque da marinha japonesa a Pearl Harbor, os norte-americanos não só perderam parte de sua frota no Oceano Pacífico, como, ao mesmo tempo, tiveram comprometido o principal fornecedor de borracha do país: os seringais da Malásia. Era o caos completo.

A solução emergencial foi reativar os seringais nativos da Amazônia, ainda produtivos, mas apenas em pequena escala. Assim, a catástrofe que tinha desabado sobre a região entre 1915 e a Segunda Guerra Mundial foi parcialmente amenizada com a assinatura, em 1942, dos Acordos de Washington entre o governo Vargas e o dos Estados Unidos. Tais acordos visavam a reacender e multiplicar a produção da borracha, matéria-prima indispensável para qualquer país em guerra.

Os efeitos sobre a economia local foram bastante benéficos, ainda que, graças aos compromissos assumidos pelos dois governos, o preço da borracha tivesse ficado muito abaixo das expectativas dos produtores da Amazônia. Assim, os Acordos de Washington iniciaram a Segunda Batalha da Borracha que, embora mais curta que a primeira, proporcionou à região a montagem de um esquema logístico de grande envergadura, tudo com financiamentos generosos dos norte-americanos.

Um dos resultados dessa batalha foi a criação do Banco da Borracha, em 1942, que mais tarde seria o Banco da Amazônia. Além disso, o esquema de apoio logístico à produção, de transporte e de suprimento, inclusive para o interior amazônico, ficou a cargo da empresa norte-americana Rubber Reserve Co., depois chamada Rubber Development Corporation. Por causa da urgência e do bloqueio marítimo da costa brasileira, a empresa tinha de transportar a borracha de Manaus e Belém para Miami em aviões Catalina e S-42. Para esse fim, o aeroporto Val-de-Cans de Belém foi reformado e ampliado, e o aeroporto de Manaus, Ponta Pelada, acabara de ser construído.

– Quem é o chefe aqui? – ouvi uma voz masculina perguntar.

Saí debaixo do automóvel e me deparei com dois homens, um moreno baixinho e outro alto, magro, de pele muito branca e cabelos loiros. O moreno era brasileiro, mas o loiro devia ser gringo.

– Você fala inglês?

– Um pouco.

– Você é o senhor Hazan? – o loiro perguntou já em inglês.

– Sim, sou eu – disse no meu inglês escasso.

Das línguas que falava, o inglês era, sem dúvida, a mais fraca. Até que conseguia ler e entender bem, mas na hora de falar não me sentia nada à vontade.

– Podemos nos sentar em algum lugar e conversar? Sou Garry Smith, mais conhecido aqui como Cowboy.

Ofereci uma cadeira, mas o senhor Smith não aceitou; preferiu ficar em pé e sugeriu:

– Agora não. Precisamos de mais tempo, nossa conversa vai ser longa. Pode ser hoje à noite? O assunto é de seu interesse. Dê-me seu endereço e eu mando um carro pegar você.

Disse onde morava, e combinamos que às seis horas da tarde iriam me pegar em minha casa. O moreno, que deveria servir de tradutor, quase não participou da conversa. Meu inglês parecia estar funcionando bem.

Às seis em ponto um jipe parou em frente da nossa casa, eu me despedi da Berta, que morria de curiosidade, e fui ao encontro do Cowboy. Logo percebi que estava sendo levado para o recém-reinaugurado aeroporto Val-de-Cans. O senhor Smith me convidou para jantar com ele e foi direto ao assunto: os americanos precisavam de um mecânico para cuidar da manutenção dos aviões da Panair e da Pan American, que pousavam todos os dias no aeroporto de Belém.

– Mas eu não entendo nada de avião – tentei argumentar.

– Pela informação que tenho, você é um bom mecânico de automóveis, talvez o melhor de Belém. Isso é um bom começo – respondeu na hora. – Você vai ter um salário fixo e será registrado como funcionário da Rubber Development Corporation. Sou o atual mecânico-chefe e pretendo treinar você durante alguns meses, até que se torne um bom profissional e possa assumir toda a operação.

O salário era algumas vezes maior que meus ganhos atuais. Além do dinheiro, eu teria uma qualificação, algo raro naqueles tempos, que poderia servir de trampolim para outras oportunidades. Concordei e aproveitei para perguntar se meu inglês deficiente não iria atrapalhar.

– Não, porque você entende bastante e se expressa razoavelmente bem. Pouca gente no Brasil consegue se comunicar em inglês. E em Belém isso é ainda mais raro – respondeu meu novo chefe, e apertamos as mãos.

Dei graças a Deus por ter lido vários livros e jornais em inglês tanto em Istambul quanto a bordo do Jamaique. Toda aquela leitura contribuiu para meus conhecimentos no idioma. Muito mais cedo do que podia imaginar, eu começaria a colher os frutos do meu esforço.

De volta a casa, bastante tarde naquela noite, Berta me esperava ansiosa. Quando contei as novidades, senti que ela se emocionou e vi algumas lágrimas que ela tentava esconder em vão. Nos últimos tempos, por causa da gravidez, ela andava muito sensível, tanto para as notícias boas quanto para as ruins.

– Temos de comprar um berço e talvez procurar uma moça que possa me ajudar logo após o parto, senhor Licco – ela disse e se aninhou nos meus braços.

Senti-me o homem mais poderoso do mundo!

– Senhora Berta Hazan, amanhã vamos procurar o berço mais lindo de Belém. Também precisamos comprar uma cama de verdade para nós. Dormir em rede pode ser agradável por alguns dias, mas agora chega! Nos próximos meses você vai precisar de mais conforto. E acho que Moyses e Débora podem nos ajudar a encontrar uma empregada. Amanhã cedo vou comunicar essa nova situação para o senhor Nicolau e nos próximos dias vou terminar todos os consertos que já comecei – expliquei um pouco ansioso. – Graças a Deus, tudo está se encaixando direitinho.

– Estou muito orgulhosa de você! – Berta disse e logo adormeceu, ainda nos meus braços, com um leve sorriso nos lábios.

Nos meses que se seguiram, o senhor Smith se revelou um excelente professor, e eu fui um aluno atento e dedicado. Todos os dias, lia diversos manuais de manutenção em inglês e conversava tanto com os pilotos americanos que pousavam quase todos os dias quanto com o pessoal da Rubber Development Corporation, estacionado em terra. Meu inglês melhorou muito e logo não tive mais problemas de comunicação.

Também lia as últimas notícias todos os dias e assim soube, logo cedo, na manhã do dia 9 de setembro de 1944, que o Exército Vermelho tinha cruzado o rio Danúbio e ocupado a Bulgária. Meu coração bateu mais forte. Acabou! O pesadelo acabou e agora precisava procurar David, Salvator e todos os outros amigos com urgência. Pedi licença a Cowboy e corri para casa.

– Berta! – gritei da porta. – Nossa Bulgária está livre de novo!

Berta veio correndo e me abraçou.

– Sabia que isso iria acontecer logo! É muito bom saber que finalmente é verdade! – ela exclamou.

– Temos que escrever cartas para nossos parentes e amigos agora. Ninguém nem suspeita do nosso paradeiro.

Passamos o dia escrevendo. Mandei uma carta para meu endereço antigo em Sofia, para onde David deveria retornar com o fim da ocupação na Bulgária. Escrevi também para os pais de Salvator Mairoff, perguntando por notícias sobre meu querido amigo. Aproveitei e mandei uma carta para o primo da Berta e meu amigo, Nissim Michael, cujo endereço em Madrid tínhamos recebido do senhor Farhi quando ainda estávamos em Istambul. Enquanto isso, Berta escrevia para a família Gerassi, perguntando por notícias do senhor Rachamim e da senhora Estreja. Ficamos preocupados por causa da idade avançada deles. Lembramo-nos também do senhor Omer, na distante Istambul, e mandamos um cartão postal de Belém.

As semanas seguintes foram cheias de expectativa por respostas da Bulgária, ainda mais porque tinha chegado a hora de nosso primeiro filho nascer. Apesar da barriga enorme, Berta aguentava tudo com estoicismo contagiante e irradiava felicidade. Já havíamos escolhido o nome – se fosse menino, seria Daniel, como meu pai, e se fosse menina, Sara, como a mãe de Berta e também como a rainha Sara-Teodora, uma judia convertida ao cristianismo, rainha da Bulgária no século XIV.

Antes de qualquer notícia da Bulgária chegou uma carta do senhor Leon Farhi, que respondia ao breve comunicado da nossa chegada no Brasil. Daquela época, guardei muitas das cartas que me pareciam importantes, bem como nossas respostas.

Meus caros Berta e Licco,

Estou muito satisfeito de poder entrar em contato com vocês de novo. Sem notícias, estava muito preocupado mesmo.

Pouco sei do Brasil, mas imagino que seja país de muitas oportunidades para um casal jovem e preparado como vocês.

Cuidem-se, porque o clima tropical esconde alguns perigos como malária, lepra e outras enfermidades estranhas para nós, europeus.

Meus filhos, Saul e Eva, também seguem com interesse seus passos, primeiro na Turquia e agora no Brasil, e torcem por seu sucesso. Mantenham-me informado de tudo o que se passa com vocês.

Um caloroso abraço do amigo,

Leon

A resposta seguiu no mesmo dia:

Belém, 27 de setembro 1944.

Prezado senhor Farhi,

Como sempre, sua carta é motivo de alegria. Estamos nos adaptando ao Brasil. Moramos em Belém, cidade localizada na foz do rio Amazonas, bem no norte do país, quase na linha do Equador.

Ontem nasceu Daniel, nosso filho, um menino saudável e bastante chorão. Berta ainda está muito fraca, mas em compensação estamos muito, muito felizes.

Estou trabalhando como mecânico no aeroporto de Belém. Sou funcionário de uma empresa americana, a Rubber Development Corporation, e tenho um salário bastante razoável. Estou aprendendo a consertar aviões em vez de carros, e estou me dando bem.

Nos últimos meses aconteceram grandes mudanças na Bulgária. Como deve saber, os russos expulsaram os alemães de lá e o país se juntou, um pouco tarde, é verdade, com os Aliados na guerra contra a Alemanha. Não sei bem a orientação política do novo governo, mas tudo indica que logo o senhor receberá de volta suas empresas. Se precisar de minha ajuda para recuperar o controle da American Car ou para resolver qualquer outro assunto, estarei sempre à disposição. Desta vez, espero, justiça será feita. Pelo pouco tempo que passei na American Car seria mais do que legítimo devolver para a sua família a totalidade das ações, que oficialmente ainda são minhas. Como devo proceder?

Ainda não consegui contato com meu irmão David, mas espero ter notícias dele e da Bulgária em breve. Escrevi várias cartas para amigos e parentes e tenho fé que logo vou receber respostas. Graças a Deus, a guerra está acabando.

Berta e eu desejamos a você e a sua família tudo de bom e ficamos no aguardo de mais notícias. Seremos para sempre gratos por tudo que o senhor tem feito por nós.

Berta e Licco Hazan

As respostas da Bulgária demoraram a chegar. As notícias, quando finalmente as recebemos, eram ora animadoras, ora muito tristes. David foi o primeiro a responder com uma carta lacônica. Estava bem, mas muito ocupado com as funções que tinha assumido na Frente Patriótica, que agora detinha o poder na Bulgária. Parecia que, como veterano da resistência, meu irmão era influente, respeitado e estava cheio de otimismo. Respirei aliviado.

Então, recebemos a notícia do falecimento de Salvator poucas semanas depois da minha partida do campo de trabalhos forçados. Fiquei arrasado por vários dias. Seu riso alegre não parava de invadir meus ouvidos, e eu sentia quase a presença física dele ao meu lado, para em seguida voltar para a dura realidade. Meu amigo estava morto. Berta, que só o conhecia das minhas histórias, sofreu a minha dor e chorou junto.

"Ele foi o ser humano mais alegre, íntegro e envolvente que conheci. Gostava muito de mim! E eu gostava dele!", pensei em voz alta. Ninguém merece morrer poucos meses antes da libertação. Muito menos Salvator.

Nosso sofrimento só não foi pior por causa do pequeno Daniel. Superadas as primeiras cólicas, ele se revelou um neném calmo e muito doce. Tinha as mesmas covinhas e o mesmo bom humor da Berta. No dia do seu Brit Milá estávamos nervosos, com medo de possíveis complicações, mas durante o procedimento ouvimos apenas um leve resmungar, e Daniel dormiu de novo. Mais tarde, acordou e choramingou pedindo peito. Estávamos abobalhados – aquele pequeno pedaço de vida, que dependia da gente, era a coisa mais importante do mundo para nós, dois marinheiros de primeira viagem.

Daniel tinha pouco mais de um mês de vida quando Garry, o Cowboy, me procurou para mais uma conversa importante. Almoçamos juntos e ele, como sempre, foi direto ao assunto:

– Licco, acho que o seu aprendizado já terminou. Não tenho muito mais o que ensinar e devo reconhecer que seu estágio foi mais fácil do que imaginava. Agora, a Rubber Development precisa de você na função de mecânico-chefe, só que em Manaus. Seu salário vai aumentar bastante, a empresa vai cobrir as despesas de viagem, da mudança e você vai ter o aluguel da nova casa pago por um ano. O contrato tem duração de três anos. Agora você já pode ser chamado de especialista e vai ganhar como tal.

– Mas, chefe, meu filho acabou de nascer. Aluguei uma casa há pouco tempo com contrato de dois anos. Além disso, preciso falar com Berta. Aqui já temos infraestrutura, amigos, empregada… Não sei se ela vai querer.

Garry sorriu e disse:

– Pelo que conheço de dona Berta, ela vai aceitar. É uma mulher corajosa, determinada e sabe o que quer.

Sabe fazer conta como ninguém e logo vai perceber que a oferta é muito boa. Você é um homem de sorte por ter se casado com uma mulher como ela – Garry estava tão seguro de que era uma excelente proposta que queria me convencer também. – Pense só, você vai ser funcionário do governo americano, com emprego muito bem remunerado e garantido por pelo menos três anos. Seu contrato atual só vale por um ano e boa parte já foi. Se tiver despesas com a rescisão do contrato de aluguel, a Rubber Development vai te indenizar. Quer mais?

Cowboy de fato conhecia bem Berta, que era amiga da namorada dele. Maria era uma cabocla vistosa, de ancas e seios fartos, atributos apreciados por gringos como Garry. Ela tinha pouca escolaridade, mas era inteligente, alegre e expansiva, e Berta logo tinha gostado dela.

Minha jovem esposa achou a proposta muito interessante. Sem dúvida, ela era muito corajosa, topava qualquer parada e tinha um senso prático impressionante. Conversamos com Moyses e Débora Bentes e concordamos que as condições propostas eram ótimas. Mesmo sendo triste nos separar dos amigos, o desafio valia a pena. Marcamos a viagem para Manaus num navio da tradicional Booth Line, empresa parceira da Rubber Development Corporation. As duas organizações eram associadas em várias empreitadas – a Booth Line transportava muita carga de Manaus para Belém e vice-versa, e nós precisávamos dos serviços deles com muita frequência. Assim, acabamos sendo convidados do comandante em uma cabine especial, superconfortável e espaçosa.

Depois da experiência no Jamaique, era o paraíso! O navio era cargueiro e nós, os únicos passageiros. O capitão logo se tornou nosso amigo e nos mostrou os pontos mais interessantes da travessia. Durante os sete dias da viagem, entendemos pela primeira vez a verdadeira dimensão da Amazônia, sentimos a força tremenda do grande rio e admiramos a gigantesca floresta.

Como era majestoso o Estreito de Breves! De repente, o rio Amazonas perde a maior parte da largura, a corrente aumenta e todo aquele volume de água se espreme em pouco espaço. Nosso capitão nos contou que ali o rio deve ter pelo menos cem metros de profundidade. Chega a ser assustador. Os rios Xingu, Madeira e Tapajós, grandes e formosos, deságuam no rio principal e, cada vez que isso acontece, a gente assiste a um espetáculo à parte. Cada rio é diferente, mas todos têm uma beleza selvagem, que assusta e, ao mesmo tempo, encanta. Em contraste com as águas barrentas do Amazonas, o lindíssimo rio Tapajós, por exemplo, tem água verde e límpida, praias de areia branca e fina por todos os lados. À margem dele, fica a pequena cidade de Santarém, totalmente isolada do resto do mundo.

– Se existe paraíso neste mundo, deve ser algum lugar perto daqui. Um dia vamos voltar e desfrutar da beleza deste lugar – sussurrei no ouvido da Berta.

A chegada em Manaus, situada na margem esquerda do majestoso rio Negro, com sua água negra e limpa, seu porto flutuante e suas charmosas construções ribeirinhas erguidas ainda no tempo dos ingleses, é triunfal. Primeiro, a gente vê o espetacular encontro das águas amarelas, barrentas e rápidas do rio Solimões com a água escura do rio Negro. Os dois gigantes correm por algum tempo lado a lado, sem se misturar, enquanto formam o rio Amazonas, que tem o maior volume de água do mundo. É um lugar muito especial! Desde o encontro das águas dava para ver golfinhos de água doce acompanhando o navio até o porto de Manaus.

– Licco, estou adorando. Sinto que esta pode ser a nossa terra e aqui poderemos construir nosso lar – disse uma radiante Berta. Era exatamente o que eu pensava naquele mesmo momento.

Antes da nossa partida de Belém, Garry e Maria se casaram. Terminada a guerra, eles se mudaram para Louisiana, nos EUA. Quando os vimos de novo, em 1958, eles já tinham três filhos, e ela ainda falava um inglês bastante precário. Ao mesmo tempo, o português tinha piorado bastante, resultando num forte sotaque em ambos os idiomas. Chegava a ser cômico. Sorte que o Cowboy achava tudo isso muito charmoso. Naquele encontro, divertimo-nos bastante lembrando os velhos tempos em Belém. Garry sempre brincava que tinha me treinado para ser mecânico especialista. Especialista, de acordo com ele, era aquele que sabia muito sobre pouca coisa, até que se tornava alguém que sabia tudo sobre nada. Antes do treinamento, eu era um generalista, daqueles que sabiam pouco sobre muitas coisas. Em casos extremos, divertia-se Garry, os generalistas poderiam chegar à perfeição de saber nada sobre tudo.

Até poucos anos atrás, no Natal, recebíamos cartas bem-humoradas de Garry que, assim como Maria, já não está entre nós. Este é o problema dos velhos: todos os dias perde-se algo ou alguém importante. E ainda tem gente com coragem de dizer que esta é uma idade de ouro! Conversa fiada.

"Encontrei uma aldeia e dela fiz uma cidade moderna." A frase pertence ao governador Eduardo Gonçalves Ribeiro, se referindo a Manaus, ao terminar seu segundo mandato, em 1896. Embora exista muito de verdade na afirmação, uma coisa é certa: o governador, como bom político, não tinha a modéstia ao seu lado. Depois de Ribeiro e da bonança fabulosa causada pela borracha, a cidade não parou de regredir nos anos seguintes.

Quando a conhecemos, no início de 1945, Manaus era uma cidade pequena e pacata, com mais ou menos cem mil habitantes, enquanto o estado do Amazonas tinha quase quinhentos mil. Assim como em Belém, era visível que a cidade tinha conhecido melhores tempos em um passado não muito distante. Grandes casarões portugueses, construídos na época áurea da borracha, com paredes grossas, tetos altos e enormes janelas, que permitiam uma circulação melhor do ar, destacavam-se no panorama arquitetônico da cidade.

Apenas as ruas do centro eram pavimentadas e bem arborizadas. Toda a infraestrutura era boa e funcionava bem, mas era um pouco deteriorada em relação àquela deixada pelos ingleses no início do século. A principal diferença era que não tinha luz elétrica em quase nada da cidade. A geração de energia era insuficiente e precária, por isso, a prioridade era das escolas, da Faculdade de Direito, das repartições públicas mais importantes e de algumas poucas casas de professores.

Uma alternativa, que poucos podiam adotar por causa do preço alto e do custo de manutenção exorbitante, era a instalação de um gerador particular.

A vida em Manaus não era nada fácil e muitos jovens iam embora para estudar nos grandes centros do sul do Brasil. Manaus oferecia poucas opções de estudo e de trabalho. A única faculdade, com poucas vagas disponíveis, servia mais para desapontar do que para incentivar os jovens que buscavam conhecimento e um futuro melhor. Ali faltava tudo, e aquela foi uma época muito difícil para todos. O câmbio paralelo, por exemplo, tornou-se necessário, uma vez que todos os alimentos eram racionados. Muita gente conseguiu ganhar dinheiro obtendo cotas dos órgãos do governo e vendendo-os aos verdadeiros necessitados.

Encontrar uma casa disponível em uma cidade tão decadente era tarefa fácil, e logo escolhemos nosso casarão na avenida Joaquim Nabuco, bem no centro. Moraríamos próximo a várias construções majestosas, como o Porto de Manaus, com seu cais flutuante, o Teatro Amazonas, o Palácio da Justiça, a Alfândega, o Mercado Municipal, algumas igrejas e o Ideal Clube, frequentado pelos mais abastados. Ficamos muito bem localizados bem no meio dessas lembranças do glorioso passado. Nem precisávamos dos bondes, que funcionavam só nas raras ocasiões em que havia energia.

Durante a guerra, existia um sistema curioso de propagar as notícias mais importantes em Manaus. Naquele tempo, poucos tinham rádio. Por essa razão, uma sirene estridente avisava os habitantes do centro que algo importante tinha acontecido. Muitos corriam para a avenida Eduardo Ribeiro, onde se amontoavam em frente ao edifício do Jornal do Commercio. Ali havia uma lousa de giz enorme, em que eram registradas as últimas notícias. Não era o meio de comunicação mais moderno que se poderia imaginar, mas era eficiente.

Com a Segunda Batalha da Borracha, a economia local tinha se revitalizado, mas a melhora ainda era insuficiente. Mesmo assim, não paravam de chegar novos contingentes do Nordeste e alguns poucos aventureiros de outras partes do Brasil. A cidade parecia querer se reerguer.

O aeroporto Ponta Pelada ficava bastante distante do centro, mas sempre que necessário o jipe da Rubber Development Corporation vinha me buscar em casa e, depois do expediente, me levava de volta. Naqueles tempos, a Panair do Brasil e a Pan American usavam hidroaviões na rota para Manaus com frequência e faziam pousos bem ao lado do porto, que não ficava longe da minha casa. Na maior parte do tempo, eu ficava no flutuante, onde os aviões atracavam e onde havia uma oficina e um pequeno escritório. Pela necessidade de mais espaço, algum tempo depois o flutuante foi transferido para o bairro Educandos, onde não tinha tanto tráfego de barcos. Em geral, os hidroaviões levantavam voo cedinho, por isso eu trabalhava à noite e de madrugada. Na RDC de Manaus, éramos apenas seis funcionários não norte-americanos e fomos sempre muito bem tratados. Naqueles tempos, era um privilégio ser contratado por uma empresa que pagava bem e em dia.

Ainda em Belém, Moyses Bentes me deu os nomes de vários amigos dele que moravam em Manaus. Ele próprio tinha morado algum tempo na cidade e conhecia muita gente. Passados os primeiros dias e, uma vez instalados, resolvemos procurar alguns conhecidos de Moyses. A sinagoga era sempre um bom começo.

A sinagoga Rebi Meyr ficava na Praça 15 de Novembro, não muito longe da nossa casa. A primeira pessoa que avistamos foi um sujeito de pequena estatura, de aparência marcante, típica de judeu marroquino. Chamava a atenção que lhe faltava boa parte da orelha esquerda, fato que não tentava esconder. Como chegamos muito cedo e ainda não tinha *minyan*, iniciamos uma rápida conversa.

– Sou Jacob Azulay, *shaliah* da comunidade. Você também é judeu? – ele disse em um português com sotaque marroquino bem acentuado.

Contei em poucas palavras a nossa trajetória até ali e, em resposta, o senhor Jacob relatou um pouco da história da comunidade de Manaus.

Grande parte dos judeus da capital, quase todos de origem marroquina, era proveniente do interior da Amazônia ou de Belém. Falidos e sofridos com a ruína da borracha, muitos chegaram a Manaus por volta de 1930 e se juntaram à comunidade que já residia ali. A maioria veio de Itacoatiara, Parintins, Maués e outras pequenas cidades, que tinham prosperado com a bonança da borracha e falido com o fim dela.

Infelizmente só tivemos tempo de trocar informações superficiais, porque logo chegou mais gente e o serviço religioso começou. Os sobrenomes das famílias de Manaus e Belém eram o mesmo, confirmando suas origens comuns. Perguntei pelo senhor Elias Benzecry, amigo do Moyses Bentes, e fui logo informado que ele frequentava a outra sinagoga, a Beth Jacob, na rua Ramos Ferreira, antiga Praça da Saudade. Assim como em Belém, os velhos ranzinzas tinham brigado e dividido aquilo que já era pequeno.

Na semana seguinte, fomos à outra sinagoga e conhecemos Elias, um senhor atlético, de sorriso constante e voz estridente, que gentilmente me convidou a sentar com seus familiares e amigos. Forasteiros não eram comuns na cidade e, assim como em Belém, todos queriam conhecer os recém-chegados. Naquele dia, fui apresentado a vários membros das famílias Sabbá, Benzecry, Benchimol, Israel, Benoliel, Laredo e Assayag, entre outras. Para a nossa alegria e da comunidade, em 1962 as duas sinagogas improvisadas de Manaus se fundiram com a construção do novo templo Beth Jacob/Rebi Meyr.

A recepção em Manaus não poderia ter sido mais calorosa, e logo me senti em casa. Mal sabia que ali havia encontrado pessoas que iriam me acompanhar pelo resto da vida. Como tinha acontecido em Belém, Berta fez novas amizades na comunidade, e ficou evidente que não seria difícil fazer amigos em Manaus.

Nos meses que se seguiram, conhecemos muita gente, tanto da comunidade judaica quanto de fora dela. No melhor estilo liberal búlgaro, Berta e eu sempre procuramos diversificar nossas amizades e nunca simpatizamos com a segregação voluntária que algumas pessoas impõem por razões religiosas ou étnicas. Queríamos amigos de todos os credos e todas as cores, como eram os brasileiros na descrição encantadora de Stefan Zweig.

Meu trabalho permitia que eu dedicasse parte do meu tempo a outras atividades, e assim ajudava a consertar automóveis parados por falta de peças. Tornei-me uma pessoa conhecida na cidade, por isso fomos aceitos como membros do Bosque Clube, onde a elite da cidade costumava passar o final da semana. Socialmente foi uma vitória importante. Ali começou nossa paixão pelo tênis, que nos acompanhou pelo resto da vida.

Passados poucos meses, já estávamos bem integrados à festeira sociedade amazonense. Daniel estava crescendo e se tornando uma criança saudável e alegre. Já se aguentava boa parte do tempo em pé e não iria demorar muito para começar a andar. Tudo parecia conspirar a nosso favor, e sentimos que finalmente tínhamos achado nosso lugar ao sol.

E haja sol! Manaus é uma terra úmida e quente, cuja temperatura nunca fica abaixo dos 20 graus nem acima dos 38, e a umidade chega aos estratosféricos 90% na época das chuvas, que são verdadeiros rios verticais. Na verdade, acostumamo-nos rápido a tudo isso e até começamos a achar o clima agradável. A vida cotidiana, embora bastante pacata, proporcionava-nos muitas pequenas alegrias. Passeávamos aos domingos pela avenida Eduardo Ribeiro, assistíamos aos filmes do Cine Avenida, tomávamos sorvete na Leiteria Amazonas ou no Bar Americano e, quando tinha energia, passeávamos nos bondes da Linha da Saudade e dos Remédios.

O Mercado Público, durante a vazante do rio, oferecia fartura de todo o tipo de alimentos, sobretudo diferentes peixes, de todos os tamanhos. Em meio a esse cenário, recebíamos cartas da Bulgária sempre e assim acompanhávamos de longe a vida do meu irmão e de amigos e conhecidos. Rachamim e Estreja Gerassi já tinham chegado à Palestina, só Deus sabe como, e agora moravam em Tel Aviv. Também localizamos meu amigo Nissim Michael, primo de Berta, e logo recebemos notícias dele, que estava muito bem em Madrid e já tinha autorização para distribuir, na Espanha, um novo e revolucionário remédio, chamado estreptomicina. Tratava-se de um antibiótico descoberto no laboratório do doutor Selman Abraham Waksman. Em um golpe de sorte, Nissim conheceu esse médico, e os dois se tornaram amigos. Nissim estava eufórico, porque a estreptomicina era o primeiro remédio a curar a tuberculose, e a demanda prometia ser grande. Anos mais tarde, homenagearam o dr. Waksman dando seu nome a uma rua de Madri. Uma reverência mais que justa.

A guerra continuava e parecia cada vez mais próxima do fim. Os vencedores e os perdedores já eram conhecidos. Sobreviventes brotavam por todos os lados, procurando começar uma nova vida.

No início de maio de 1945, a guerra acabou na Europa. Quando a notícia circulou, Samuel Bentes, irmão de Moyses, convocado para a Força Expedicionária Brasileira, estava embarcando para a Itália no porto de Santos, após extenso treinamento. A mala dele acabou rumando para lá, junto com outros suprimentos, mas ele conseguiu desembarcar a tempo. Assim, o bravo soldado Samuel ganhou a guerra e encerrou sua carreira militar sem participar de uma batalha sequer.

Os detalhes vieram dias depois. Os russos, após combates sangrentos, conquistaram a parte leste de Berlim, e, pelo oeste, os americanos e os ingleses também invadiram a cidade, já em ruínas. Hitler se suicidou, encurralado no seu bunker, e a Alemanha acabou se rendendo. Acompanhamos horrorizados as notícias que chegavam da Europa: cidades em ruínas, desgraça, fome e morte por todos os lados. O mundo agora se dava conta da verdadeira dimensão do desastre, das atrocidades e barbaridades cometidas durante aqueles anos horríveis.

Nomes até então desconhecidos, como Dachau, Buchenwald, Auschwitz, Bergen-Belsen, Treblinka, Theresienstadt e tantos outros não paravam de aparecer no noticiário e logo se tornaram símbolos do horror vivido em pleno século XX. Milhões e milhões de mortos. A guerra tinha desgraçado a vida tanto de soldados quanto de civis. Podíamos nos orgulhar de ter sobrevivido a uma catástrofe como o mundo nunca vira até então.

Passadas as comemorações, todos voltamos para a vida normal, que não era nada fácil para a maior parte da população de Manaus. A atividade econômica local não era suficiente para sustentar as pessoas que ali residiam, e ainda havia aqueles que continuavam a chegar do Nordeste e de outras partes do Brasil, onde a situação era ainda pior. Protegidos pelo contrato da Rubber Development Corporation, não tínhamos preocupação imediata, mas éramos, sem dúvida, uma gritante exceção à regra.

Notei que Berta estava inquieta havia algum tempo e perguntei:

– Desembuche logo! O que a preocupa desta vez?

– Licco, a guerra vai acabar também no Pacífico. Este teu emprego é muito bom, mas pode acabar em pouco tempo. Precisamos pensar em alguma outra coisa.

– Meu contrato é válido por três anos, e não temos que nos preocupar agora. Mas você, como sempre, tem toda razão. Não vamos deixar para a última hora – concordei com Berta. – Precisamos procurar outras possibilidades para depois do término do bendito contrato. A primeira providência seria apertar os cintos e tratar de aumentar nossa poupança, não acha?

– A economia da cidade é bastante decadente, mas vejo que alguns conseguem se sobressair, com muito trabalho e criatividade, é verdade. E aquele senhor, Isaac Sabbá, que sonha com a construção de uma refinaria em Manaus? – lembrou Berta. – A estatura dele é baixa, mas, sem dúvida, ele pensa grande! Deve ser por isso que ele é um dos poucos bem-sucedidos.

Agora foi minha vez de concordar e decidimos que dali em diante iríamos pensar em um negócio próprio. Não precisava ser uma refinaria, mas poderia muito bem ser uma oficina de conserto de automóveis. Nos primeiros tempos de paz, técnicos aeronáuticos continuariam sendo necessários em Manaus, não tinha a mínima dúvida. Por isso, nossa situação ainda era confortável. Mesmo assim valeria a pena procurar alternativas.

No dia 6 de agosto de 1945 chegou a notícia de que os Estados Unidos tinham bombardeado a cidade de Hiroshima, no Japão, com uma nova bomba, desconhecida até aquele momento. Os japoneses estavam resistindo, e a batalha final estava cada vez mais próxima deles, já envolvidos em um conflito sangrento, em que milhares de soldados e muitos civis perderiam a vida. Os comandantes japoneses e a Casa Imperial se recusavam a aceitar a derrota iminente e ignoravam as advertências dos Aliados, que ameaçavam com ações drásticas. A bomba *Little Boy* foi uma cruel confirmação das ameaças.

Três curtos dias depois, em 9 de maio de 1945, veio o segundo ataque nuclear, dessa vez em Nagasaki e com uma bomba ainda maior, por isso apelidada de *Fat Man*. Em meio ao caos e ao terror dos civis, os militares nipônicos se viram forçados a ficar de joelhos e reconhecer a derrota. Parecia não restar outra opção.

Foi assim que a guerra finalmente acabou. No dia 16 de agosto, o imperador Hirohito ordenou que as tropas japonesas parassem de lutar. Os canhões se calaram e, com a recém-conquistada paz, começou também o novo mundo pós-guerra. Imperfeito, é verdade, mas um pouco melhor. Uma das consequências afetava a região em que vivíamos: o suprimento norte-americano de borracha do sudeste asiático – mais barata que a brasileira – foi normalizado, e isso decretou o fim também da Segunda Batalha da Borracha. Em meio aos festejos pelo fim da Segunda Guerra Mundial, a Amazônia perdia sua base de sustentação econômica. A Rubber Development Corporation não tinha mais razão de existir. Berta havia acertado mais uma vez!

Sentimos o reflexo dos acontecimentos do outro lado do globo com rapidez impressionante. De repente, os seringais não tinham mais para quem vender, e como a exploração da borracha era a principal atividade da região, a economia local sofreu um duro golpe. Iniciou-se então um desordenado êxodo em direção aos centros urbanos, que motivou a urbanização precária e a concentração caótica da população nas cidades de Belém e

Manaus. As consequências desse processo são conhecidas: inchaço descomunal das cidades e um imenso vazio demográfico no interior. De lá para cá tais problemas só se agravaram e, já no século XXI, continuam à espera de algum tipo de solução.

Todos os funcionários não norte-americanos da RDC foram demitidos e indenizados. Permanecia eu, com contrato ainda vigente, encarregado de liquidar todos os negócios em andamento. Quando eles também acabaram, o Cowboy Garry Smith veio a Manaus acompanhado de outro americano, cujo nome não lembro mais. Estavam encarregados de pôr fim a todas as operações provenientes dos Acordos de Washington, por isso tinham acabado de fechar as operações da empresa em Belém. Agora era a vez de Manaus.

Pelo acordo entre Brasil e EUA, os norte-americanos detinham 40% das ações do Banco da Borracha. Essa cota foi entregue ao governo brasileiro e deu origem ao Banco da Amazônia S.A., ainda hoje fundamental para o desenvolvimento da região. A empresa Rubber Development Corporation, porém, não teve a mesma sorte e foi extinta. Como meu contrato só venceria em dois anos e meio era necessário chegar a um acordo. Graças à ajuda do meu amigo Garry, a negociação foi fácil e rápida. Como resultado, fiquei com o jipe da empresa e com todas as ferramentas para consertar aviões e ainda, em uma bolada só, recebi os salários de dois anos. Em compensação, assumi a obrigação de ajudar na solução de qualquer problema ou pendência eventual que surgisse nos próximos anos.

Devo reconhecer que o acordo foi excelente para mim e me deixou em situação privilegiada para começar meu próprio negócio. Razoavelmente capitalizado e com tempo para avaliar melhor as oportunidades, podia tomar as decisões com cautela. Continuava prestando serviços bem remunerados de manutenção nos aviões da Panair, que conectava Manaus ao resto do Brasil – a única diferença, na verdade, era que não tinha mais um contrato fixo e não recebia mais da RBC, mas direto da companhia aérea.

Conseguimos abrir uma oficina para conserto de automóveis e garantir uma fonte de renda constante antes de arriscar voos mais altos. O investimento na oficina, batizada de Berimex em homenagem a Berta, era baixo, já que eu tinha herdado uma quantidade bem grande de ferramentas modernas da RDC. Ao mesmo tempo, como sobrava espaço no imenso casarão na rua da Instalação, alugado para abrigar a oficina, Berta iniciou a distribuição de peças para motores a diesel, algo que faltava em Manaus. Esse negócio se revelou muito interessante por causa da grande necessidade de barcos a diesel para transportar pessoas e mercadorias para as diversas cidades perdidas na imensa Amazônia.

O próximo passo foi contratar Gustavo, um jovem mecânico que tinha trabalhado comigo no aeroporto Ponta Pelada e de quem tinha gostado muito. Ele estava desempregado e adorou minha oferta de trabalho. Anos mais tarde tive certeza da decisão que havia tomado: em 1954, Gustavo se tornou sócio da oficina e, em 1973, aumentou ainda mais sua participação, comprando grande parte das minhas cotas na sociedade. Como resultado de anos de respeito e admiração mútuos, essa história de sucesso empresarial continua. Os filhos de Gustavo, junto com meu filho Daniel, atual presidente da companhia, dirigem a Berimex, uma das maiores revendedoras de automóveis e caminhões da região Norte. Na administração de Daniel, a firma cresceu muito e construiu uma sólida reputação. Ainda preservo uma pequena participação na empresa, mas as razões são mais sentimentais do que financeiras, pois gosto de preservar a lembrança de um empreendimento construído com tanto amor e dedicação.

O mundo gira

Tempus regit actum.
(O tempo rege o ato.)

As notícias que recebíamos da Bulgária não eram muito animadoras. Os comunistas tinham tomado conta da Frente Patriótica, e o país caminhava a passos largos para um regime totalitário, que os próprios comunistas chamavam de ditadura do proletariado. Pelo testemunho de alguns amigos que emigraram a tempo, soubemos que o regime seguia, cada vez mais, métodos e padrões soviéticos. Todos os bens tinham sido desapropriados, a censura era absoluta, os meios de comunicação pertenciam ao Partido Comunista, que mandava na vida de todos com mão de ferro e detinha o poder sobre tudo. Puxa-sacos e pessoas despreparadas assumiam postos de relevância e qualquer tipo de insatisfação ou protesto era tratado como traição à pátria e estava sujeito a punições.

O partido comunista era considerado infalível, e seu líder máximo em cada país, o Secretário-Geral, era divino. Assim foi na Bulgária, Romênia, Polônia, Hungria, Alemanha Oriental, Mongólia, Coreia, China e, muitos anos mais tarde, em Cuba. Como era de se esperar, a divindade maior, a quem todos se reportavam, residia em Moscou. Para não ficar diferente da URSS, a Bulgária agora tinha criado seu *gulag*, para onde eram enviados os insatisfeitos, os caluniados e os denunciados por algum desafeto.

Graças a Deus, até aquele momento nada disso tinha atingido diretamente meu irmão, David, que até havia sido mandado para Moscou com bolsa completa para estudar química industrial. David teve participação ativa na resistência contra os fascistas e deve ter lutado de arma na mão ao lado de alguns dos novos dirigentes. Tudo indicava que ele estava sendo preparado para ocupar cargos de grande responsabilidade no novo regime.

Recebi novidades do senhor Farhi também. Ele me contou que não só não recebeu suas empresas de volta, como foi procurado no antigo endereço, em Sofia, pela milícia popular para ser preso como capitalista e, portanto, explorador do povo. Essa milícia era, na verdade, uma polícia cruel que não tinha nada de popular e cometia todo tipo de atrocidades. Eu também tinha sido caçado por eles, informou-me Petrov, nosso antigo contador, porque imaginaram que, como ex-proprietário da American Car, representava um perigo para a ditadura do proletariado. Fiquei preocupado e escrevi para David. Dois meses depois, recebi a resposta dele, explicando que no começo do novo regime era compreensível que acontecessem alguns exageros, mas que em breve tudo seria esclarecido. O futuro da Bulgária e de países-irmãos do bloco comunista iria demonstrar a superioridade do sistema comunista comparado com o capitalismo burguês. Era só questão de tempo, insistia David.

Poucos dias depois de receber a carta do meu irmão, recebi outra com conteúdo explosivo e preocupante. A carta era da Espanha, do meu amigo Nissim Michael:

Madrid, 28 de junho de 1946

Caro Licco,

Desculpe a demora em responder sua carta. Tenho um problema sério e necessito da sua ajuda com urgência. Estou preso em Madrid por causa dos meus documentos falsos de oficial alemão. Recebi esses papéis do senhor Denev, funcionário da Skoda em Sofia, que por sua vez os recebeu do senhor Albert Göering. Como falo alemão e sou loiro, não foi difícil enganar os guardas no aeroporto de Sofia. Em plena guerra, viajei em um avião militar de Sofia para Roma e depois, em outro avião, de Roma para Madrid. Sem opções, continuei usando os documentos alemães até três meses atrás, quando fui preso pela inteligência inglesa. Pensam que sou fugitivo alemão, criminoso de guerra da SS, Gestapo ou coisa parecida. Em um primeiro momento fiquei incomunicável. Agora, pelo menos, fui autorizado a escrever e receber cartas.

Espero que você possa me ajudar a provar que, na verdade, sou o que sou: judeu búlgaro. Tentei contar tudo a um investigador inglês, mas ele achou a história tão fantástica que não acreditou em uma só palavra. Para piorar, meu processo ficou para o fim da fila, e agora tem pelo menos uns trezentos na minha frente. É claro que um dia vou provar a minha inocência e vou ser solto, mas sem sua ajuda isso pode levar vários meses. Acredito que seu testemunho, contando a verdade, possa resolver meu problema com rapidez. Por causa do regime comunista não posso contar com a ajuda da Bulgária. Estou também apelando para o senhor Leon Farhi, que me ajudou a fugir e sabe bem a minha história.

Outro que está injustamente preso na Alemanha, junto com a cúpula nazista, já há um tempão, é o senhor Albert Göering, a quem todos nós devemos tanto. Creio que você, o senhor Farhi e eu também podemos testemunhar em favor dele.

Um forte abraço do seu amigo, que está apodrecendo na prisão, desta vez vítima de fogo amigo.

Nissim

Sabendo que o correio de Manaus demoraria bastante a entregar uma carta, mandei um telegrama com essas notícias para o senhor Leon Farhi. Não tinha a mínima ideia de como proceder e precisava do conselho dele mais uma vez. Por sorte, ele respondeu imediatamente também com um telegrama, que guardo até hoje:

Nissim livre. Albert ainda não. Providências tomadas. Não precisa ajuda agora.

Respirei aliviado. Lendo e relendo o telegrama, Berta desabou a chorar. Abracei-a e tentei acalmá-la.

– *Baruch Hashem!* Graças a Deus! – ela sussurrou. – Maldita guerra! Não larga a gente!

No instante seguinte, Daniel se levantou do chão, as perninhas ainda trêmulas, e deu seus primeiros passos.

Ficamos olhando meio abobalhados, sem ação por alguns instantes, e depois as lágrimas da Berta se misturaram com um sorriso cheio de felicidade.

Quase um mês mais tarde, recebemos outra carta de Nissim que explicava tudo. A primeira carta dele tinha demorado quase dois meses para chegar a Manaus. Nesse meio tempo, a filha do embaixador da Inglaterra tinha adoecido de alguma enfermidade bastante séria, e os médicos prescreveram estreptomicina em doses altas. Esse remédio, por ser novo naquela época, não era nada fácil de achar nem quando se tratava da filha do embaixador da Inglaterra. Em meio ao desespero, alguém então se lembrou de Nissim, que antes de ser preso trabalhava com esse antibiótico. O resultado era previsível: com a decisiva ajuda de Nissim, a mocinha, bendita seja, foi salva. O processo de Nissim Michael foi direto para análise, e ele ganhou a liberdade.

Depois de solto, Nissim testemunhou em favor de Albert Göering. Muitas outras pessoas, inclusive Leon Farhi, já tinham feito isto, e agora só faltava sua soltura.

Apesar das inúmeras provas em seu favor, Albert Göering foi solto apenas um ano depois. Mais tarde foi preso outra vez e, após alguns meses, liberado de novo. O sobrenome maldito o perseguiu implacavelmente até o final de seus dias, e o reconhecimento dos seus atos humanitários nunca veio com a força que merecia. Somos todos devedores daquele homem extraordinário.

Daniel já havia completado 2 anos quando começamos a suspeitar de que Berta estava grávida de novo. Talvez não fosse o melhor momento, porque ela trabalhava muito na Berimex. O negócio de peças para motores a diesel avançava bem, e outras oportunidades estavam aparecendo. Minha linda esposa era uma talentosa mulher de negócios, sem deixar de ser minha melhor amiga e ainda uma mãe muito dedicada. Por outro lado, suspirávamos, seria tão bom ter um irmão ou irmã para Daniel!

Para meu desespero, era muito raro que meu irmão David escrevesse. Ele ainda estava em Moscou, onde iria passar mais dois anos. Achava as cartas dele um pouco secas e sem muitas informações, mas tudo indicava que estava feliz e bem de saúde. Escrevi sobre a chegada do nosso segundo filho e contei um pouco da nossa nova vida em Manaus. Para meu espanto, David respondeu contando que ele também estava esperando um filho para março do ano seguinte. Ele tinha conhecido Irina, uma linda colega russa da faculdade e, conversa vai, conversa vem, acabaram se apaixonando. Agora ela estava grávida, e eles iriam se casar logo. Ele me avisou que eu não precisava me preocupar, porque os dois tinham bolsa de estudos e não iriam passar necessidade.

Quando recebi a carta seguinte, eles já estavam casados e não restava outra coisa a fazer senão mandar um telegrama com felicitações. Nós, judeus, somos tão poucos no mundo que acho sempre uma pena quando um de nós se casa com uma não-judia. Pela nossa religião, a mãe é quem define se os descendentes são judeus ou não. Apenas o pai ser judeu não basta. Os filhos de David, portanto, não o seriam. Assim, deixariam de fazer parte da nossa longa história e de tradições de mais de cinco mil anos. Mas, naquele momento, tudo isso era secundário. A coisa mais importante era a felicidade do meu único irmão.

Sara, nossa filha, e Oleg, filho do David, nasceram em março de 1948, com poucos dias de diferença, mas bem distantes um do outro.

O nascimento da Sara pouco mudou nossas vidas. É verdade que eu agora passava ainda mais tempo trabalhando, mas a rotina continuava a mesma. A boa notícia foi que compramos uma geladeira a querosene, que facilitou muito a vida de Berta. O próximo passo foi comprar um gerador de luz, muito caro, é verdade, mas que valia a pena. O aparelho funcionava das seis às nove da noite, e assim eu podia passar mais tempo com as crianças. Daniel já requeria mais atenção e, como Berta estava ocupada com Sara, eu precisava ajudar.

Assim que Sara ficou um pouco maior, voltamos a frequentar o Bosque Clube nas horas de lazer, onde as crianças se divertiam bastante. O outro programa predileto era visitar, aos finais de semana, amigos que tinham um banho. O que os locais chamavam de banho era um sítio cortado por um igarapé paradisíaco, com água fria e cristalina. Os banhos ficavam bem perto da cidade, mas o acesso era prejudicado por absoluta falta de estradas asfaltadas. Ainda tínhamos o bendito jipe, herdado da RDC; então as precárias estradas de barro não representavam grandes problemas. As crianças também adoravam esses banhos maravilhosos, que nos dias de calor manauara ofereciam um conforto inigualável. É uma pena, mas os mesmos igarapés, que tanto nos encantaram naqueles tempos, são os mesmos córregos de água imunda e fedorenta que cortam a metrópole de Manaus de hoje.

Após se formar em química, David voltou a Sofia e passou a ocupar um dos postos mais altos na hierarquia dos tecnocratas búlgaros. É claro que era membro do Partido Comunista, fiel seguidor dos dogmas stalinistas, leninistas e marxistas. Isso me incomodava bastante, porque vazavam notícias sombrias tanto da União Soviética quanto dos outros países, inclusive a Bulgária. Os expurgos promovidos por Stalin, Beria e seus comparsas, dentro do próprio Partido Comunista e do Exército Vermelho, ainda eram recentes e tinham sido tão cruéis que comprometeram a própria defesa do país durante a grande guerra patriótica contra Hitler. Temia que David pudesse se tornar mais uma vítima ou, pior ainda, que se tornasse conivente com as barbaridades da assim chamada ditadura do proletariado. Nunca simpatizei com qualquer tipo de ditadura nem podia acreditar que aquela, mesmo apoiada pelo meu irmão, seria menos maligna.

A morte de Stalin, em 1953, acendeu novas esperanças, mas logo ficou claro que as mudanças seriam pequenas. A Guerra Fria era, na verdade, gelada, e a tensão entre os países da Europa Ocidental, o Japão e os EUA e os países do Leste Europeu, liderados pela União Soviética, só aumentava. A China também havia se tornado comunista e a possibilidade de outra convulsão mundial era cada vez mais ameaçadora para todos.

Mesmo assim, vivemos algumas consequências positivas no meio daquele caos. A primeira foi a criação da Organização das Nações Unidas e a segunda, em 4 de maio de 1948, no ano judaico de 5708, foi a dramática votação da resolução 181, que declarou a independência do estado de Israel. Tanto a criação do Estado de Israel quanto a decisão de criar um Estado árabe na

Palestina não foram fáceis. Depois da votação tensa na recém-criada ONU, com 33 votos a favor, dez abstenções e treze votos contrários, a resistência dos países árabes foi vencida com a ajuda dos EUA e da União Soviética, em uma rara demonstração de concordância. Os dois gigantes foram seguidos pelos respectivos aliados, e assim se criou uma razoável maioria.

A participação do Brasil foi muito importante, porque naquela ocasião Osvaldo Aranha estava na presidência da Assembleia Geral, representando o Brasil. Coincidência ou não, foi assim que os dois países criaram o primeiro laço de respeito e amizade.

No dia seguinte à declaração da independência, Israel foi invadida pelos exércitos dos vizinhos Jordânia, Egito e Síria. Houve uma luta de David e Golias e, mais uma vez, o improvável aconteceu: David venceu a guerra, uma questão de vida e morte. Judeus da diáspora e longe do campo de batalha, estávamos assustados e atônitos, colados nas ondas curtas do rádio, temendo o pior e rezando por uma vitória milagrosa. As opções eram vencer ou vencer. Para a sorte de Israel, os soldados do outro lado estavam desmotivados e mal organizados, com lideranças inexpressivas e em geral extremamente corruptas. Nós, ao contrário, tínhamos líderes marcantes como David Ben-Gurion e Golda Meir e lutávamos pelas nossas vidas. Assim, o Estado de Israel ganhou, uma vez pelo voto na ONU e outra derramando sangue no campo de batalha, seu direito de existência. No dia 11 de maio de 1949, Israel foi admitido como país-membro da ONU.

O apoio inicial da União Soviética a Israel não durou muito, e logo os países árabes começaram a receber ajuda e armamentos soviéticos. A nova polarização – Estados Unidos apoiando Israel, e União Soviética, os países árabes – de certa forma continua até hoje.

Fiquei preocupado com a mudança e como aquilo poderia influenciar a vida do David, que de um lado era comunista, mas por outro sempre foi simpático ao movimento sionista. Poderia ser um impasse com resultados imprevisíveis. Não tinha como discutir esse assunto nas cartas que trocávamos, porque todas as correspondências, eu sabia, eram abertas e lidas. Àquela altura, já devia ter um extenso dossiê pronto para ser usado contra mim. Para os paranoicos órgãos de segurança, o simples fato de eu morar em um país não comunista representava um crime. Nos anos que se seguiram, as coisas só pioraram. David nunca escrevia algo que pudesse comprometê-lo, mas eu percebia nas entrelinhas seu crescente desencanto. Ficava cada vez mais claro que o entusiasmo com o futuro brilhante do comunismo estava esfriando.

Na década de 1950, Manaus era uma cidade pacata e de certa maneira sonolenta. Os negócios na Berimex andavam bem. No ritmo tropical da cidade, sobrava tempo para bater intermináveis bons papos com os novos amigos. Ainda no Jamaique tinha descoberto minha habilidade acima da média no xadrez. Com um pouco mais de tempo, comecei a estudar esse fantástico jogo e passei a jogar aos sábados no Luso Sporting Clube. Ali conheci um jovem intelectual que, ao longo dos anos, tornou-se a maior autoridade em assuntos amazônicos: Samuel Benchimol – historiador, sociólogo, professor, escritor e empresário de sucesso. Escreveu vários livros que ainda hoje formam um guia completo sobre a formação social, cultural e econômica da região.

Na verdade, já havia sido apresentado a Samuel algum tempo antes do nosso contato no clube de xadrez. No flutuante ao lado do *roadway* da Manaos Harbour, eu fazia a manutenção nos hidroaviões da Panair do Brasil e da Pan American, que transportavam, além de passageiros, a borracha tão importante para os EUA. No mesmo horário da madrugada e no mesmo flutuante, Samuel exercia a função de despachante de bagagens. Terminado o expediente, ia para a Faculdade de Direito, depois cumpria outro expediente numa pequena firma que tinha fundado junto com seus irmãos e, mais tarde, à noite, ainda lecionava economia política na Escola de Comércio Sólon de Lucena. Quando o conheci melhor, descobri que ele gostava mesmo era de lecionar, pesquisar e escrever; o restante fazia por absoluta necessidade. Naquela época, estava terminando seu primeiro livro, *O cearense na Amazônia*, no qual tratava da ocupação do vazio amazônico pelos nordestinos. Anos depois, ao ler a obra de Benchimol, em especial *Amazônia – Um pouco-antes e além-depois* e *Eretz Amazônia – Os judeus na Amazônia*, sobre a imigração judaica, Berta e eu conseguimos entender melhor o que havia se passado na Amazônia depois do aparecimento da borracha.

Os vários grupos étnicos que tinham povoado a região nos últimos cem anos tinham exercido diferentes funções sociais e produtivas. No início dos tempos da borracha, grande parte das empresas de Belém e Manaus pertencia a imigrantes lusos que, atraídos pela fortuna, foram pioneiros na organização do sistema de intercâmbio, típico das chamadas casas aviadoras, empresas que vendiam a crédito para o interior amazônico. As duas capitais foram transformadas em entrepostos comerciais, e ali os portugueses estabeleceram as linhas logísticas de suprimento de mercadorias para seringalistas e seringueiros. Em contrapartida, recebiam pelas, nome dado às bolas de borracha, além de castanha e outros produtos da extração destinados, em sua maioria, à exportação. Esses mesmos portugueses se tornaram a classe política dominante e, ao mesmo tempo, grandes líderes empresariais. Por outro lado, os nordestinos que vieram fazer a Amazônia, empurrados pela seca, marcharam para o distante interior e ali se estabeleceram. Percorreram um longo caminho de sofrimento para, em alguns poucos casos, chegar à ascensão econômica, social e política. No início, todos eram flagelados, retirantes e seringueiros terrivelmente endividados. Pelo espírito dinâmico e aguerrido, com o passar do tempo, os mais prósperos se transformaram em coronéis de barranco, regatões e seringalistas, mas a maioria foi menos afortunada e continuou na miséria.

A Amazônia os acolheu e, em compensação, eles tornaram a cultura da Amazônia muito mais rica e, sobretudo, ainda mais brasileira. Tanto os coronéis de barranco quanto os aviadores portugueses ganhavam bastante dinheiro com a produção e a comercialização da borracha, mas tinham outra fonte de renda: a venda de produtos e serviços, a preços exorbitantes, para consumo dos próprios seringueiros, que se endividavam de tal maneira a ponto de se tornarem verdadeiros escravos brancos. Os seringueiros iniciavam a vida na Amazônia pagando dívidas e era comum que morressem devendo ainda mais. Entre a saída do Nordeste – quando emprestavam algum dinheiro para comprar passagem, rifle, munição e alguns mantimentos – e o triste fim como vítima de violência, flechadas dos índios, picadas de cobras, emboscadas e conflitos de paixão e de sangue ou das enfermidades tropicais, em geral malária e febre amarela, a maioria só conseguia acumular dívidas. Não é exagero dizer que o seringueiro era um homem que passava a vida pagando caro para ter o direito de trabalhar até a escravidão.

Os judeus e os imigrantes sírio-libaneses, em busca de espaço naquela cadeia produtiva, enfrentaram com coragem o esquema cruel dos aviadores associados aos coronéis de barranco, desafiando o grande poder econômico. Com suas frágeis embarcações, levavam diversas mercadorias e se atreviam a vendê-las nos seringais em troca de borracha, pele e couro de animais, castanha, bálsamo de copaíba e outros gêneros regionais. Vendendo mais barato e pagando melhores preços diretamente aos seringueiros, os regatões judeus e árabes foram decisivos no rompimento do monopólio dos aviadores e dos seringalistas. Por isso, não era surpresa serem odiados e se tornarem vítimas de violência, além de acusados de práticas de concorrência desleal.

Naquela noite de março de 1953 cheguei em casa mais tarde que o habitual e percebi que Berta estava ansiosa para falar comigo. Daniel já estava dormindo, e ela embalava Sara, que já era uma mocinha de 5 anos. Eu, viciado em notícias, fui até o rádio como fazia todos os dias. Sara dormiu logo, e Berta se juntou a mim.

– Adivinhe quem esteve hoje na Berimex procurando peças para um batelão?

Não fazia ideia, e ela continuou.

– Aquele alemão que é gerente de não sei o quê na firma IB Sabbá. Ele comprou algumas peças e encomendou outras que não temos em estoque. Acho que ficou satisfeito, ainda mais por falarmos alemão.

– Maravilha, Berta! É a maior empresa de Manaus, e adoraria tê-la como cliente.

Nos últimos tempos, eu tinha observado com grande interesse o crescimento notável da IB Sabbá, que, após a retirada de firmas inglesas, francesas e alemãs e a decadência das maiores casas aviadoras, como a J.G.Araújo e a B Levy & Cia, implantou um novo modelo de negócios. Diferente da concorrência, a firma oferecia os mesmos produtos com valor agregado muito maior: castanha descascada, sorva desidratada, madeira aplainada, borracha lavada e beneficiada, copaíba filtrada, óleo essencial de pau-rosa de qualidade superior – tudo muito bem embalado e apresentado e com preço atrativo. As usinas de castanha e a exemplar usina de beneficiamento de borracha, além de outros negócios do grupo, transformaram a IB Sabbá na maior empregadora de Manaus, cujo modelo as demais empresas tentavam copiar.

– Tem mais uma coisa que você vai achar interessante – Berta insistiu. – Estão procurando alguém que possa ajudar a desenvolver os negócios de exportação de produtos regionais, que é o forte deles. Esse alguém tem o seu perfil. Tem que falar e escrever bem em inglês, alemão e espanhol, além de ser esperto e honesto ao mesmo tempo.

Pensei um momento e respondi:

– Berta, essa é uma chance única de aprender o negócio, que parece muito promissor, mesmo depois do fim da borracha. Uma pena que não posso aceitar. Não posso deixar de dar assistência à Panair. E ainda temos a Berimex para cuidar.

– Sei de tudo isso, mas ainda acho que devemos escutar a proposta. Seu negócio com a Panair está próximo do fim, ainda mais agora que Ponta Pelada está em pleno funcionamento e a Varig e a Cruzeiro querem voar para Manaus. Posso marcar para amanhã à tarde? – insistiu ela, pragmática como sempre.

– Não quero meter os pés pelas mãos. Não seria ético assumir o cargo, aprender os segredos do negócio e depois abrir uma empresa concorrente, aproveitando o conhecimento de produtos, fornecedores e clientes.

– Licco Hazan, parece que você não me conhece. Não estou sugerindo nada antiético, apenas uma conversa franca. Não vamos esconder nada. E para falar a verdade, já marquei o encontro de amanhã.

Isso eu já sabia bem: sai de baixo quando Berta queria alguma coisa!

Assim conhecemos o senhor Isaac Sabbá, figura extraordinária na história da cidade, empresário de visão messiânica e um ser humano de grande valor. O encontro foi com ele e seu jovem sobrinho, Moyses Israel, o principal executivo da companhia naquela época. Contamos nossa história e logo recebemos a oferta que, sem dúvida, representava um formidável desafio. Berta foi direto ao assunto que nos incomodava.

– Meu marido tem receio de aceitar a proposta, porque há algum tempo consideramos a possibilidade de iniciar a exportação de produtos regionais. Não vamos esconder que almejamos um dia ter nosso próprio negócio e, nesse caso, poderia existir alguma restrição da parte da IB Sabbá por conflito de interesses. Não queremos cometer nada ilícito nem antiético. Somos novos na cidade e precisamos resguardar nosso bom nome.

– Também tenho restrição de horário, porque presto serviços à Panair e não posso romper o contrato agora – completei.

– Vamos ver se chegamos a um acordo que lhe agrade. Os horários aqui na IB Sabbá podem ser flexíveis. Pelo que entendi, você trabalha muito à noite. Seu expediente pode ser um pouco mais curto, das oito às três da tarde. Quando houver problema no aeroporto, você pode compensar em algum outro horário – sugeriu Moyses.

Duas coisas ficaram claras na conversa: eles precisavam muito de alguém como eu, que pudesse tocar as vendas para o exterior, onde os idiomas eram necessários, e eu parecia ter causado uma boa impressão. Até aquele momento, o senhor Isaac Sabbá não havia aberto a boca, mas sentia que com ele eu já tinha passado no teste.

Então, com voz afável, Sabbá sentenciou:

– Proponho que o senhor Hazan trabalhe conosco por pelo menos quatro anos. Depois desse prazo, eu não teria nada contra se ele abrisse seu próprio negócio e, dentro dos limites da ética, aproveitasse os conhecimentos adquiridos. Estamos construindo uma refinaria com a renda da exportação de produtos regionais. O esforço é muito grande, e Licco pode ser muito útil. A senhora também, dona Berta. Precisamos de gente séria, honesta e capaz.

O resultado da reunião foi inesperado. Berta acabou contratada para trabalhar quatro horas por dia na tesouraria da empresa. Eu seria o assessor da diretoria. Daquela vez, a reviravolta havia sido total!

Não foi nada fácil organizar nossos horários de acordo com a nova situação. Para nossa sorte, Gustavo, além de bom técnico, revelou-se exímio homem de negócios. Em 1954, tornou-se sócio com uma participação de 10% do capital da Berimex, que doamos para ele. Na época contávamos com oito funcionários, além do Gustavo e da Berta. Eu era chamado só quando tinha algum problema mecânico que Gustavo não conseguia resolver, o que era raro. Todos os dias Berta passava algumas horas na Berimex, mas agora a importância dela como educadora do Daniel e da Sara demandava mais sua presença em casa. Sem o Gustavo nada disso teria sido possível, especialmente nosso trabalho na IB Sabbá.

Tudo que sei sobre produtos regionais – castanha-do-pará, copaíba, cumaru, pau-rosa, juta, malva e madeira – devo ao estágio naquela empresa. Foi como fazer uma faculdade. Trabalhamos com o coração, muitas vezes longas horas depois do expediente, contagiados pelo entusiasmo de Isaac Sabbá, pela vontade de dar bons resultados e pela necessidade de pagar pela refinaria em construção. Foi uma luta épica, fruto da obstinação, força de vontade, motivação e coragem daquele empresário. Sempre que me lembro dele, vem à mente a frase de Albert Einstein: "Há uma força motriz mais poderosa que o vapor, a eletricidade e a energia atômica: a vontade".

Pelo tamanho do investimento, só existiam duas saídas possíveis: ou o conglomerado de empresas prosperava ainda mais ou quebrava. Os anos de 1955 e 1956 foram de muito trabalho, e toda a equipe se empenhou ao máximo, como se o negócio em construção pertencesse a cada um de nós. A refinaria entrou em funcionamento em setembro de 1956 e foi inaugurada pelo então presidente Juscelino Kubitschek no dia 3 de janeiro de 1957. Com isso, os preços dos combustíveis baixaram muito. O preço da gasolina caiu 21%, e o do óleo diesel, assombrosos 58%. Como resultado, os fretes desabaram e a Amazônia interiorana se tornou viável outra vez.

Ao longo dos anos 1950, com a renda que conseguia da venda de produtos regionais provenientes do interior da Amazônia, Isaac Sabbá construiu a primeira refinaria de Manaus. Mais de sessenta anos depois, sem levar em conta o petróleo de Urucu, se alguém se dispusesse a usar os minguados lucros obtidos de todas as atividades econômicas do interior da Amazônia para iniciar um novo negócio, o máximo que conseguiria seria muito mais modesto, talvez rendesse meia dúzia de postos de gasolina.

Na metade do século XX, o interior do estado do Amazonas abrigava quase quatro vezes mais pessoas que a capital. Hoje a situação é inversa: mesmo com um estado gigante, com uma área de um milhão e meio de quilômetros quadrados, Manaus abriga mais habitantes que todo o interior. O desequilíbrio está ficando cada vez maior, e a ação dos governos estadual e federal continua tímida. Em algum lugar no meio do caminho erramos e, teimosos, continuamos insistindo no erro.

Em meio a tantas mudanças, em abril de 1955, chegou a triste notícia da morte da pessoa mais lúcida do século, meu ídolo de longa data, Albert Einstein. Berta e eu colecionávamos as notícias que apareciam sobre aquele grande homem e as frases atribuídas a ele, hábito que nunca perdi. Ao mesmo tempo, recebemos uma novidade que nos deixou muito felizes: havia saído nossa naturalização. Até então, a burocracia brasileira tinha complicado a nossa vida, e era comum recorrer a propinas para conseguir coisas simples. Registrar e legalizar a Berimex tinha sido um verdadeiro suplício. Foi nessa ocasião que mais uma vez lembrei-me dos conselhos do meu amigo Salvator:

– Sempre que alguém mais forte abusar de você física ou mentalmente, não reivindique, pense que o pesadelo vai acabar e que o importante é sobreviver. Tudo fica ainda mais fácil se você conseguir imaginar seu algoz de calça arriada se contorcendo no vaso, com uma tremenda dor de barriga!

Naquela ocasião, o algoz tinha sido uma fiscal corrupta da Fazenda, que imaginei se arrastando para um banheiro bem distante. Salvator tinha razão, era alívio imediato.

No caso da Berimex, se não fosse pela ajuda dos amigos e pelo famoso jeitinho brasileiro, acho que estaríamos até hoje enrolados, providenciando papéis e mais papéis. A recém-obtida cidadania ajudou muito na conquista dos nossos direitos, porque havíamos nos tornado brasileiros de fato e de direito, menos vulneráveis ao abuso de autoridade por parte dos burocratas. Tínhamos vencido mais este obstáculo tão essencial na vida dos imigrantes.

Mais uma boa notícia deixou todos os brasileiros eufóricos em 1958: na distante Suécia, o Brasil havia ganhado a Copa do Mundo de futebol pela primeira vez e deixou o mundo encantado com seu jogo alegre e irreverente. Era um feito enorme para um país pobre do Terceiro Mundo, que de repente ganhava destaque mundial. A alegria foi geral e até maior que a comemoração do final da Segunda Guerra. Melhor ainda, esse feito histórico se repetiu quatro anos mais tarde, no Chile, sem Pelé, mas com Garrincha e de forma esplêndida. Éramos os melhores do mundo! O Brasil deixou de ser apenas a terra do café e do carnaval para se tornar também o país do futebol, esporte mais popular do mundo.

Dois anos depois da vitória em Estocolmo, em 1960, o Brasil ficou conhecido também como o país da nova e moderna capital Brasília, que foi inaugurada em abril daquele ano. A cidade encantou o mundo com sua arquitetura revolucionária. Aos poucos eram preparados os pilares de sustentação do desenvolvimento do gigante adormecido da América do Sul.

Trabalhei quase cinco anos na IB Sabbá, até 1957, quando o grupo estava no auge e a refinaria revolucionava a economia local. Àquela altura também terminaram meus compromissos com a Panair, que passou a usar aviões Lockheed Constellation e outros mais modernos no aeroporto de Ponta Pelada. As aeronaves evoluíam rápido, e ficou claro que a manutenção delas exigiria dedicação exclusiva e longo treinamento em São Paulo, longe de casa e fora dos meus planos. As companhias aéreas já tinham suas próprias equipes de manutenção nos grandes centros, e não demoraria para isso acontecer em Manaus. Minha fase de mecânico tinha acabado.

Amazonas essencial

Berta saiu da IB Sabbá alguns meses antes de mim. Era o ano do Bar Mitzvah de Daniel, e ela sentiu que precisava se dedicar mais a ele e Sara. Além disso, não havíamos desistido do sonho de ter nosso próprio negócio.

Eu já conhecia boa parte do interior, havia subido de barco até Iquitos, no Peru, para depois descer o Solimões até Manaus, trilhando o mesmo caminho que Francisco de Orellana mais de quatrocentos anos antes. Ele foi o primeiro homem a percorrer todo o curso do grande rio, dos Andes até o Oceano Atlântico. Por mais que forçasse minha imaginação, não consegui ver mulheres que lembrassem as icamiabas, indígenas caçadoras que, segundo o relato do Gaspar de Carvajal, companheiro de Orellana, dominavam grande parte da região. O rei Carlos V da Espanha, após ler o relato dos exploradores, inspirou-se nas amazonas da mitologia grega e ligou o nome delas para sempre ao grande rio. Mesmo sem nenhum vestígio dessas guerreiras, aquelas bandas distantes e selvagens contavam para o visitante inúmeras histórias do glorioso passado indígena. Às margens do rio, bastava olhar para o chão para ver restos de cerâmica e outros vestígios de uma civilização muito anterior à nossa, que não existia mais.

Em outra ocasião, desci o Amazonas até Santarém, dessa vez com Berta, como tinha prometido a ela na nossa primeira viagem de Belém a Manaus. Descansamos alguns dias na praia de areia fina e branca de Alter do Chão com Daniel e Sara e nos deliciamos nas águas verdes e transparentes do Tapajós.

Meu destino predileto no interior do Amazonas sempre foi Maués. Aquela pacata cidade era muito boa para trabalhar, além de ter excelentes praias de areia branca. Bem próximo ao centro da cidade, tinha pau-rosa e copaíba em abundância, para não falar no melhor guaraná do mundo. Em Maués, mora até hoje um fraterno amigo, Zanoni Magaldi, o homem que conhece a essência de pau-rosa melhor que qualquer outra pessoa. Ele foi meu primeiro e mais importante fornecedor de produtos regionais e, embora muito mais jovem que eu, sempre nos demos muito bem.

Muito tempo depois, eu prometeria ao Zanoni e a mim mesmo que iria visitar aquela cidade uma última vez. Valeria o esforço só para admirar de novo a maior plantação de árvores de pau-rosa do mundo, da família Magaldi, e também uma plantação vizinha, muito menor, que ainda pertencia à nossa família. Tínhamos ali uma pequena fazenda em pleno funcionamento. O caseiro mantivera a casa sempre arrumada, plantara algumas árvores todos os anos, mas por longo tempo eu deixaria de aparecer por lá.

As duas plantações que ajudei a iniciar em 1989 representam meu mais importante legado. Orgulho-me de ter sido um dos primeiros, depois do professor Samuel Benchimol, a pensar em sustentabilidade, há mais de vinte anos, quando isso ainda não era moda. Apesar disso, as recordações daquele lugar maravilhoso até hoje me deixam um pouco angustiado, pois sei que, em vão, esperaria ouvir de novo as vozes familiares e as risadas alegres de quando ainda era jovem e tinha uma vida inteira pela frente.

No dia 22 de agosto de 1957, Berta e eu inauguramos a Amazon Flower Fragrâncias Ltda., nossa empresa de exportação. Com pouco capital, iniciamos com apenas dois produtos: bálsamo de copaíba e óleo essencial de pau-rosa. Mais tarde incluímos as sementes de cumaru, que vinham da região de Óbidos e eram procuradas por causa do intenso aroma. Como o nome indicava, o foco do novo negócio eram produtos relacionados aos aromas em geral, não só à indústria de perfumes. A ideia vinha ainda dos nossos tempos de Belém, quando ficamos encantados com a quantidade de fragrâncias vendidas no Ver-o-Peso.

Com as economias, compramos uma casa velha, localizada na rua Miranda Leão, perto do porto. Essa foi nossa primeira propriedade e me recordo que ficamos muito orgulhosos. Ali iniciamos nossa modesta exportação, éramos bem pequenos mesmo. Zanoni procurava e comprava os produtos que nossos clientes indicavam, além de produzir óleo essencial da madeira das árvores de pau-rosa em sua pequena destilaria. Foi na Miranda Leão que nossa vida de exportadores começou: embalar, vender, embarcar e receber os pagamentos de clientes espalhados pelos quatro cantos do mundo.

Boa parte dos potenciais fregueses era de Grasse, cidade dos perfumes na França, ou então de Nova York.

Ficou claro que, para ganhar a confiança dos clientes, seria importante conhecê-los pessoalmente e entender as necessidades de cada um, porque permitiria prestar um serviço ainda melhor que nossos bem estabelecidos concorrentes. Por isso, marcamos uma longa viagem, primeiro de Manaus ao Rio de Janeiro, depois para Paris e Sofia e, por último, Nova York. Estava tudo agendado para depois do Bar Mitzvah de Daniel.

Aquele era, aliás, um grande momento da nossa vida, afinal não é todo dia que um filho fazia Bar Mitzvah! É um evento que exige muita preparação e estudo da parte do menino que, pela primeira vez, vai ler longos trechos da Torá em hebraico antigo diante da comunidade. Na vida do jovem judeu, é uma data muito importante, que tem contribuição decisiva na formação da autoconfiança e da personalidade, além de ser a única festa que os pais oferecem ao filho. Para a filha, o grande momento sempre é a festa de casamento.

Mas a ocasião também exige muito acompanhamento da parte dos pais. Queríamos homenagear todos os novos amigos da comunidade manauara – judeus, cristãos e muçulmanos –, portanto o número de convidados era bastante grande. Para depois da cerimônia religiosa na sinagoga, Berta planejou com carinho uma festa simples, mas para muita gente. Vieram convidados de Maués, Parintins e até Moyses e Débora Bentes vieram de Belém. Era um dia importante para nossa pequena família!

Depois da celebração em homenagem à maioridade de Daniel, caímos na estrada. Além de estreitar o relacionamento com os principais clientes, a viagem era uma grande oportunidade de encontrar Nissim e David na Europa, além de rever a família Farhi, em Nova York. Planejamos tudo com muito prazer, era uma delícia marcar encontros, reservar voos e hotéis, avisar a todos e, mais importante, sonhar. No caminho iríamos ainda parar no Rio de Janeiro, a cidade-sonho do meu amigo Salvator. Era uma aspiração que se tornava realidade.

– Licco, antes de viajar vamos comprar roupas brancas e desfilar em Copacabana de branco, como queria Salvator – Berta sugeriu.

– Com certeza! Ainda vou me permitir a extravagância de comprar um chapéu Panamá. Assim nosso passeio em Copacabana será completo.

Até hoje tenho algumas fotografias daquele nosso primeiro encontro com a cidade maravilhosa, Berta e eu ainda jovens, vestidos de branco e elegantes, em frente ao Copacabana Palace. Como relíquia daquele tempo feliz, ainda guardo meu chapéu Panamá, agora disforme e amarelado do tempo.

Encontramos Nissim em Paris. Ele morava em Madrid, já era cidadão espanhol e estava casado com Maria Luiza, uma espanhola alta e vistosa, e tinha um filho pequeno. Contou-nos que havia vendido seu negócio de medicamentos por um bom preço e que dispunha de tempo e de dinheiro.

Para minha tristeza, logo descobri que ele estava procurando apagar seu passado judaico, assim como muitos outros fizeram após a Segunda Guerra Mundial: Nissim agora se chamava Nicolas. O trauma tinha sido tão grande, e o sofrimento tão cruel e injusto, que muitos se recusavam a acreditar em Deus, que no julgamento deles os tinha abandonado por completo quando mais precisaram. Não me espanta que em cinco mil anos de história continuamos tão poucos no mundo. Naquela época, muitos imaginavam que, mergulhando no anonimato e escondendo a própria origem, a vida seria mais fácil. Na prática, a verdade sempre foi outra: eles deixaram de ser judeus para as coisas boas, mas continuaram sendo judeus para as ruins. Quando os antissemitas vão à caça de judeus, vão fundo até a quinta geração e além, como fez Hitler. Ao longo da vida aprendi que, por mais que alguém queira se distanciar das origens, os valores éticos, morais e religiosos adquiridos na juventude permanecem tão fortes que ninguém consegue ser feliz longe deles. O caboclo sai da roça, mas a roça não sai do caboclo.

Os primeiros quatro dias na França tinham sido de intenso trabalho, mas aproveitamos também para conhecer Paris. Por sorte, o clima estava agradável e era um prazer inigualável sentar num bistrô na Champs Élysées e ver pessoas tão diferentes desfilarem ao nosso lado. Como também era delicioso passar a noite no Lido ou no Moulin Rouge, assistir aos shows e respirar o mesmo ar que Toulouse-Lautrec e Cézanne.

Ficamos encantados com a cidade, mas nossa prioridade continuava sendo a Bulgária. Convidei Nissim para vir conosco a Sofia, e ele aceitou na hora. Foi um grande alívio para nós, pois confesso que estávamos ansiosos e bastante inseguros, sem sabermos o que esperar do meu irmão, dos outros amigos e da Bulgária comunista vinte anos depois da nossa fuga. Com Nissim e Maria Luiza ao lado seria mais fácil encarar nossa pátria.

No consulado de Paris, providenciamos vistos para entrar na Bulgária sem maiores problemas. Pegamos um avião de fabricação russa da companhia aérea Bálcãs e, duas horas e meia de voo depois, aterrissamos em Sofia. Uma sensação estranha me invadiu ao ver, ainda da janelinha do avião, aquela paisagem tão familiar e ao mesmo tempo tão diferente. Na minha memória, a cidade ficava no colo da Vitosha, uma enorme montanha que agora parecia ter encolhido e ficado bem mais baixa. Nervosos, passamos pelo controle de passaportes. Correu tudo bem, pegamos nossas malas e entramos na Bulgária.

Apenas David nos esperava. Meu Deus! Ele estava cada vez mais parecido com nosso pai. Um pouco mais calvo talvez, mas em boa forma física. Não era mais o menino que eu tinha praticamente criado. Não o via desde aquela despedida debaixo da nevasca em Somovit. Lembrando aquele dia, foi impossível conter as lágrimas. Procurei um lenço e enxuguei meu rosto e o de David, como quando éramos crianças. Eu tinha sido o irmão mais velho e o pai dele ao mesmo tempo. Apesar da distância no tempo e no espaço, nosso vínculo ainda era forte demais.

Quando chegamos ao hotel, perguntei por Irina e Oleg. David explicou que estavam em Moscou com os pais dela. Pena que não iríamos conhecê-los. Logo ficou claro que meu irmão era uma pessoa conhecida e de bastante prestígio. No hotel Balkan, os funcionários o cumprimentavam com certa reverência, e percebemos que ele era frequentador habitual daquele ambiente exclusivo.

Em frente ao hotel, lá estava a igreja Sveta Nedelja, a mesma onde quarenta anos antes haviam tentado matar o czar Bóris. Um pouco adiante, via-se o minarete da mesquita e a cúpula da grande sinagoga. David leu meus pensamentos e se antecipou:

– A sinagoga está fechada já há algum tempo.

– Não gosto da arquitetura dos prédios novos do centro da cidade – comentou Nissim, referindo-se ao nosso hotel, à loja universal Zum e ao edifício sede do Partido Comunista, que ficavam na praça central. Eram construções pesadas e sem graça, bem ao estilo stalinista, e não combinavam com nada em volta.

Mais tarde descobrimos o mausoléu de Georgi Dimitrov, primeiro líder comunista pós-guerra, em frente ao antigo palácio do czar.

– O meu ideal político é a democracia, para que todo homem seja respeitado como indivíduo e nenhum venerado – Berta exclamou, citando Einstein.

Para minha surpresa David não se mostrou irritado com aquela alusão. Ele tinha gostado muito de Berta e demonstrava mais paciência com ela do que comigo ou com Nissim. Não respondeu nada na hora, mas durante o jantar deu o troco com educação:

– Desculpem-me, mas escutando seus comentários até parece que vocês moram em algum paraíso democrático. Generalíssimo Franco não é exatamente um bom moço, eleito por voto direto, e o histórico do Brasil também não é dos melhores.

David tinha razão, sem dúvida, mas a realidade búlgara logo se revelou ainda pior. O mausoléu era apenas um dos sintomas.

Nissim surpreendeu todos nós quando conseguiu encontrar um dos nossos amigos da escola alemã. Dali surgiu a ideia de organizar um jantar no nosso hotel e convidar todos os amigos que conseguíssemos localizar. No dia programado para o evento, na hora de entrar no restaurante, nossos amigos foram barrados pelos seguranças. Indignados, pedimos explicações e fomos gentilmente informados de que o restaurante do hotel era exclusivo para os hóspedes estrangeiros. David chegou no meio de uma discussão acalorada com o gerente do restaurante. Nissim estava tão revoltado que gaguejava sem parar. Na tentativa de resolver o impasse, David pediu um pouco de paciência, conversou a sós com o gerente por alguns minutos, telefonaram para alguém e, no final, nossos amigos receberam permissão para entrar no restaurante.

A noite, que não tinha começado bem, continuou ainda pior. Passados os abraços iniciais e alguns drinques, a conversa ficou mais quente. Plamen Varbanos, meu amigo de infância, começou a falar alto e logo denunciou:

– Que vergonha! O cidadão comum não tem direitos na República, dita Popular, da Bulgária. Não basta a pobreza! Mesmo podendo pagar não temos acesso livre a restaurantes e hotéis do nosso próprio país. Agora temos castas na Bulgária! A casta dos comunistas e a casta dos párias. Com naturalidade e sem nenhum constrangimento, os comunistas introduziram este odioso sistema de privilégios para si mesmos e banalizaram a justiça.

Senti David muito nervoso e me apressei em interromper Plamen. Ao mesmo tempo, Berta e Nissim perceberam o tamanho da encrenca e, juntos, levamos a conversa para longe da realidade da Bulgária comunista. Mesmo assim alguns de nossos amigos, assustados e temendo algum tipo de represália, foram embora. Foi bom revê-los, mas ficamos com um estranho gosto amargo na boca depois do jantar. No dia seguinte, o gerente do restaurante quis se desculpar:

– Senhor Hazan, deve saber que ontem eu cumpria ordens. Ainda bem que não deixou aquele seu amigo falar mais, porque meu pessoal e eu somos obrigados a denunciar às autoridades qualquer atitude contra a pátria. Na verdade, nem deveríamos ter deixado seu grupo jantar no restaurante. Por sorte, ouviu conversas subversivas.

Passamos mais dois dias na Bulgária, mas não voltamos a tocar nos assuntos espinhosos daquela realidade. Discretos, tornamo-nos turistas comuns, visitamos o prédio da American Car Company, que agora era ocupado por uma repartição da prefeitura, subimos a Vitosha até a estação Aleko e, no dia seguinte, visitamos o Mosteiro de Rila, lugar sagrado para todos os búlgaros.

Então chegou a hora de prosseguir viagem. Como na nossa chegada, apenas David veio ao aeroporto, abraçamo-nos uma última vez e eu, de repente, o senti infeliz.

– David, conte conosco para qualquer eventualidade – Berta se despediu. Percebi que ela, com a sensibilidade que tinha, já sabia que meu irmão não estava bem.

Para nossa surpresa, David acabou confessando:

– Nem tive coragem de contar antes, mas Irina e eu estamos separados. Ela levou Oleg para Moscou, e ainda não me acostumei com a solidão. Sinto muito a falta deles. Não sei como vai ser daqui para frente.

De repente ele parecia muito frágil e cansado. Assim ficava ainda mais parecido com nosso pai, e aquilo me deixou muito emocionado.

– David – ainda consegui dizer –, nós somos sua família, meu irmão. Ainda tem tempo para você reorganizar sua vida, e nós vamos fazer tudo para que seja feliz. Não quer morar conosco no Brasil?

– Nem pensar! – ele replicou. – A minha vida é aqui e ainda tem Oleg...

Já no avião, Berta segurou minha mão e sussurrou no meu ouvido:

– Licco, querido. Não adianta ficar triste. Ainda vamos ter muitas oportunidades de ajudar David.

Em Nova York, antes de visitar nossos clientes, apressamo-nos em encontrar a família Farhi. Eles moravam em um apartamento grande de frente para o Central Park, num dos melhores lugares de Manhattan. Ainda um pouco tontos da longa viagem, fomos recebidos para o café da manhã com a família inteira. Lá estava o senhor Leon, bem mais velho do que eu lembrava, dona Ester, ainda em boa saúde, os filhos Saul e Eva e mais duas pessoas que não conhecíamos. Eram a esposa de Saul e o marido de Eva, que não falavam búlgaro, por isso, depois do café, afastaram-se e nos deixaram à vontade.

Percebia-se que o senhor Leon estava ansioso para ter notícias da Bulgária, e eu logo relatei os últimos acontecimentos. Dona Ester, Saul e Eva conheciam Berta de longa data e queriam saber notícias das poucas famílias amigas que tinham ficado na Bulgária. A maior parte dos judeus búlgaros conseguiram emigrar para Israel em 1948, e muitos se mudaram para a cidade de Haifa. Tinham restaurantes, jornais e até clube de futebol. Poucas famílias permaneceram na Bulgária, mas não era fácil encontrá-las, já que a sinagoga, o tradicional local de convivência, estava fechada.

– Meu caro Licco, como pode ver, nós agora somos nova-iorquinos. A esposa de Saul e o marido de Eva são americanos, e nossos netos nem falam búlgaro. Vagar de país em país, uma geração aqui, outra acolá, acabou sendo o destino dos judeus. Em Nova York, cercados de outros judeus, nos sentimos em casa e espero ficar aqui por muito tempo.

Percebia-se que o senhor Leon, embora ainda lúcido, havia se tornado um homem curvado pelos anos, com dificuldade de se locomover e de falar. Pouco tinha sobrado daquele homem cativante, ativo e poderoso que conheci em Sofia. Para ele, a Bulgária ainda era importante, mas, para os outros membros da família Farhi, aquele país tinha ficado para trás e era apenas uma lembrança cada vez mais remota.

Passamos o dia juntos, conhecemos os netos, dona Ester preparou um almoço búlgaro, com comida que poderia rivalizar com os melhores restaurantes de Sofia, e relembramos os velhos tempos. Agradecemos mais uma vez a ajuda e o apoio decisivo que tínhamos recebido daquela família extraordinária anos antes, e chegou a hora de nos despedir. Senhor Farhi, visivelmente emocionado, me abraçou com toda a força que lhe restava:

– Amigo, pode ser que não nos encontremos outra vez. Há pouco tempo fui operado de um tumor maligno na próstata.

Naquele momento Saul se juntou a nós e interrompeu:

– Papai é forte e está se recuperando muito bem. Na próxima vez, vamos nos encontrar no carnaval do Rio de Janeiro.

Não senti firmeza naquela declaração. Pelo contrário, agora não restava dúvida: o problema do senhor Leon era sério.

Passamos mais alguns dias em Nova York, passeamos muito, admiramos as avenidas movimentadas e os arranha-céus, trabalhamos bastante e, antes de viajar de novo, telefonamos para Saul. Por telefone, ele confirmou aquilo que já suspeitávamos. Mesmo com a cirurgia, meu amigo não estava livre da doença e lhe restava pouco tempo de vida. Depois daquela ligação, Farhi viveu exatos oito meses.

Voltamos para casa cheios de saudades. Nossa viagem demorou pouco mais de um mês, mas, mesmo assim, encontramos Daniel e Sara um pouco mais crescidos e maduros. Daniel frequentava o Colégio Estadual Pedro II, considerado uma boa escola. Ficava perto da nossa casa, assim como a escola da Sara, o Instituto de Educação do Amazonas, outra com reconhecido padrão de ensino. Muito diferente de hoje, naqueles tempos as melhores escolas eram as públicas. Mesmo longe dos grandes centros, o nível de ensino em Manaus era muito bom. Quando o assunto era faculdade, a história era outra. Por falta de opções na região, os jovens procuravam alternativas fora da Amazônia, as mais procuradas eram as universidades do Rio de Janeiro, de Recife e de São Paulo.

Embora lento, o avanço de Manaus era perceptível. No início de 1962, inauguramos a nova sinagoga da cidade, a

Beth Jacob/Rebi Meyr, que reconciliou as duas correntes de judaísmo que dividiam a pequena comunidade.

No início da década de 1960, o Brasil inteiro vivia tempos difíceis. O presidente Jânio Quadros tinha renunciado havia pouco tempo, culpando forças ocultas pelo fracasso do seu governo. O vice-presidente, João Goulart, conduzia o país com o estilo inconfundível de um populista da esquerda. Os estudantes e os sindicatos ganharam importância política, e isso deixava as forças mais conservadoras bastante preocupadas. Por outro lado, a situação econômica era péssima: desabastecimento, carestia e corrupção por todos os lados.

O clima de crise política e as tensões sociais culminaram no golpe militar e na tomada do poder em 1964. O Brasil havia se tornado uma ditadura com todas as consequências e perdas de liberdade que isso implicava. Os defensores do novo regime, que no início eram muitos, passaram a chamar a tomada do poder pela força de *revolução*, mas a verdade é que se tratava de golpe mesmo.

– Tenho pensado muito em David. Parece que ele estava pressentindo os últimos acontecimentos – Berta disse poucos dias depois do golpe.

– Agora estamos quites – concluí. – Ele vive em uma ditadura e nós, em outra.

– Mesmo assim, a dele é pior! – Berta insistiu. – Nós sabemos que ninguém nos países comunistas é liberado a sair e se exilar em outro país. Nem pensar. Já os nossos novos governantes deixaram um monte de gente se exilar na França, no Chile e em outros países. Não foi por razões humanitárias, mas só para se ver livres deles, é verdade. Até inventaram um slogan meio idiota: *Brasil, ame-o ou deixe-o*! Na Bulgária essa moleza não existe. Lá uma piada contada à audiência errada pode custar anos de prisão.

Confesso que naqueles dias considerei imigrar outra vez. Discutimos o assunto em casa, mas Berta e as crianças, na verdade jovens adultos, desaprovaram a ideia, e adorei a decisão.

Como sempre acontecia em nossa vida, mesmo em tempos menos felizes, havia boas notícias. Em 1963, Daniel foi aceito na Universidade de São Paulo para estudar Economia. No segundo ano ganhou uma bolsa da Comissão Fulbright para continuar os estudos nos EUA. Ele tinha passado com louvor nas provas, mas ainda não estava convencido de que era isso que queria.

Na mesma época, amigos de São Paulo chamaram a minha atenção: Daniel estava se envolvendo com militantes de esquerda e corria todo tipo de perigo, afinal, os militares não brincavam em serviço. Muito preocupado, peguei o primeiro avião para São Paulo. Graças a Deus, Daniel não resistiu muito aos meus argumentos, e logo viajamos para Princeton, onde ele iria estudar nos próximos anos. Berta e eu respiramos aliviados – nosso filho estava a salvo.

Certa vez, meses mais tarde, Berta estava pensativa:

– Nós, pais, amamos tanto nossos filhos que às vezes até cometemos injustiças só para protegê-los.

– Como assim? – perguntei sem entender.

– O mundo é um lugar perigoso de se viver, não por causa daqueles que fazem o mal, mas sim por causa daqueles que observam e deixam o mal acontecer. Pense nessa frase do nosso querido Albert Einstein. Não sei se fizemos bem tirando Daniel do Brasil naquele momento. Ele tinha toda razão de estar indignado com a ditadura.

– Berta, minha querida, você está exagerando. Neste caso, a sabedoria de Einstein não serve. Faria a mesma coisa de novo, se fosse necessário. Outro gênio, meu amigo Salvator, certa vez disse: o mais importante é sobreviver!

– Tratando-se do nosso filho, também acho. Não deixa de ser uma atitude egoísta, mas concordo. Na verdade, só estava te provocando – riu.

Dois anos mais tarde, Sara seguiu os passos de Daniel e foi aceita com bolsa na Universidade da Califórnia, em Berkeley. A dedicação e o cuidado, em especial da Berta, estavam dando bons frutos. Podíamos nos orgulhar de ter nossos filhos em duas excelentes escolas: um na universidade onde Albert Einstein tinha sido professor, e a outra na universidade mais liberal e politicamente correta dos Estados Unidos. Estudar naquele país era uma grande oportunidade não apenas pela alta qualidade do ensino universitário, mas também pela vida universitária. Conviver dia a dia com jovens brilhantes do mundo inteiro ajudava a formar indivíduos de grande valor e com capacidade de criar e produzir.

No Brasil, os militares deram muita atenção à infraestrutura, precária e negligenciada até então: construíram hidrelétricas, portos, aeroportos e estradas, além de terem desbravado e ocupado os territórios mais remotos do país, ora com resultados positivos, ora desastrosos. Parte dessa estratégia foi a criação, em 1967, da Zona Franca de Manaus pelo então presidente General Castello Branco.

A ideia da Zona Franca tinha sido proposta dez anos antes, mas só ganhou corpo depois do golpe de 1964. Acredito que a institucionalização dela só foi possível por causa da visão geopolítica dos militares, preocupados com aquele enorme vazio demográfico que ocupava boa parte do mapa nacional. Outro fator importante, sem dúvida, foi a facilidade de aprovar os projetos do governo em tempos de ditadura. Seja como for, o Decreto-Lei 288, que criou a Zona Franca e concedeu importantes incentivos fiscais vigentes por trinta anos, foi e continua sendo o propulsor mais importante da economia local. De maneira geral, as empresas ali estabelecidas se beneficiam de vantagens e isenções dos impostos federais de importação, industrialização e de renda, além de outras vantagens estaduais, como redução no imposto de circulação de mercadorias. A filosofia era a da livre iniciativa, sem as costumeiras inibições burocráticas. A Suframa, órgão administrador da Zona Franca, pretendia ser um eficiente e descomplicado agente incentivador do desenvolvimento econômico da região.

A resposta foi imediata e impressionante. Empresários e empreendedores do Brasil e do exterior foram atraídos pelo modelo inovador. Aportaram capital, *know-how* e, o mais importante, introduziram otimismo, dinamismo e arrojo, próprios de uma sociedade mais moderna. Para os amazonenses, era uma delícia assistir ao súbito despertar da cidade na sombra de uma nova prosperidade. A despeito das dificuldades econômicas – balança de pagamento negativa, dívida externa crescente e restrições de todo o tipo impostas pelo Governo Federal –, o impacto positivo foi algo quase inacreditável. Em poucos anos, centenas de fábricas de televisores e aparelhos de som, jogos eletrônicos, telefones, computadores, motocicletas e relógios se estabeleceram em Manaus e trouxeram consigo abundância de emprego e de oportunidades.

A Zona Franca Industrial ficou muito conhecida, continua sendo estudada e segue vital para a cidade de Manaus e para o estado do Amazonas. Já a Zona Comercial, que importava produtos já acabados e os vendia em algumas centenas de lojas para os moradores de Manaus e para os eventuais visitantes, praticamente desapareceu. Entre 1970 e 1990, essa parte quase esquecida da Zona Franca foi de grande importância local, pois os empresários da área não apenas eram grandes empregadores, mas também moravam e investiam todos os seus ganhos na cidade.

Naquele período, Manaus atraía multidões de turistas, que vinham comprar produtos importados e aproveitavam para conhecer um pouco da região amazônica. Alguns historiadores não dão importância a esse fenômeno, mas eu, que fui importador ativo durante vinte anos, sei como a cidade prosperou e se beneficiou com a bonança dos importados.

Já no Oriente Médio, em 1967, estourou a Guerra dos Seis Dias. Naquela guerra-relâmpago, Israel demonstrou capacidade bélica muito superior a Egito, Jordânia e Síria juntos e conseguiu uma vitória fulminante ocupando importantes territórios em Sinai, Golã e Gaza.

Anos mais tarde, meu irmão David, que morava em Sofia naquela época, acompanhou o conflito pela imprensa oficial búlgara e me contou que os meios de comunicação, todos nas mãos do governo, só falavam em importantes vitórias dos países árabes. De vitória em vitória, no sexto dia, os exércitos vitoriosos se renderam e, surpresos, os cidadãos búlgaros descobriram que a história não tinha sido bem assim.

No início da década de 1970, Manaus era uma cidade bem diferente do que aquela que Berta e eu havíamos conhecido 25 anos antes. Já tinha luz elétrica ininterrupta, o asfalto tomava conta também dos bairros periféricos, os bondes deram lugar a automóveis, apareceram alguns poucos edifícios altos e o crescimento era visível.

Aproveitamos esse cenário e as novas oportunidades e expandimos nosso negócio com a importação, além da exportação. A Amazon Flower Fragrâncias Ltda. continuou exportando óleo essencial de pau-rosa, bálsamo de copaíba e sementes de cumaru, mas agora também importaria e distribuiria produtos acabados, em sua maioria eletrônicos, no mercado de Manaus.

Naquela época, a produção de óleo essencial de pau-rosa requeria muito trabalho e bastante planejamento. Na prática, funcionava assim: no período de seca, os caboclos andavam na floresta e marcavam todas as árvores de pau-rosa. Uma vez identificadas, esperava-se a cheia dos rios e só então as árvores eram derrubadas, cortadas em pedaços e arrastadas até os igarapés, de onde canoas e barcos se encarregavam de levar a madeira até a destilaria mais próxima. Lá a madeira era triturada e submetida à destilação a vapor. O resultado era um óleo essencial transparente, de buquê forte e incomparável. O cheiro maravilhoso e inconfundível pairava em volta das destilarias e era perceptível a grande distância. Justo esse aroma, de ótima fixação, é muito apreciado pela indústria de cosméticos e perfumes. Até o fim da década de 1990, todos os anos, perto de dez mil árvores eram extraídas da floresta, assim pouco a pouco o acesso a novas árvores se tornou cada vez mais difícil.

O bálsamo de copaíba é um produto diferente. Fácil de ser localizada, a árvore frondosa de mais de trinta metros de altura funciona como uma vaca leiteira. Na primeira vez, o caboclo fura o tronco a uma altura de cinquenta centímetros e coleta o líquido. Depois, tampa o buraco e vai embora para retornar seis meses mais tarde e repetir a operação. Em média, ele tira cinco litros de bálsamo de cada árvore todos os anos. Esse produto tem propriedades anti-inflamatórias muito apreciadas na Amazônia, mas no exterior é mais usado na indústria de cosméticos e na produção de tintas especiais.

As sementes de cumaru, o terceiro artigo exportado pela nossa empresa, são colhidas na região da pequena cidade de Óbidos no mês de julho. O cumaru se encontra em vários locais da Amazônia, mas as sementes de Óbidos oferecem melhor qualidade e maior teor de cumarina. Elas têm de ser expostas ao sol para secar, depois acomodadas em sacas de juta. O aroma do cumaru é usado para complementar vários outros, além de ter bom mercado na indústria de fumos.

Junto com essa pequena gama de produtos de exportação, em 1970 começamos a importação de produtos eletrônicos e eletrodomésticos. Eram dois negócios diferentes e parecia uma combinação esquisita. A ideia inicial tinha sido testar o novo negócio e depois abrir outra firma exclusivamente importadora, o que nunca se realizou, porque poucos anos mais tarde as empresas importadoras passaram a receber uma cota anual que limitava o crescimento do negócio, tudo por causa das dificuldades cambiais brasileiras. Essa cota era fundamentada em vários critérios: tradição de importação, número de funcionários, impostos pagos e volume de exportação. Esse último nos beneficiava muito e, por esta razão, não faria sentido separar as duas operações em empresas distintas. Esse sistema era motivo de discórdia entre as empresas, que sempre se achavam prejudicadas. A Suframa, que definia as tais cotas, tentou aprimorar os critérios de distribuição ao longo dos anos, mas nunca conseguiu agradar a todos.

O domínio de outros idiomas, em particular do inglês, ajudou bastante no desenvolvimento dos novos negócios. Escolhemos a área de vendas no atacado, porque tomava menos tempo, permitia manter a Berimex em funcionamento e, ao mesmo tempo, possibilitava a exportação de produtos regionais. Na área dos importados, nossos concorrentes eram empresas bem maiores, algumas como CCE e Evadin, com renome nacional, e outras como Moto Importadora e Bemol, com operações bem estabelecidas no varejo.

A cidade tinha atraído comerciantes de todas as origens, que vinham tentar a sorte nesse novo mercado promissor. Brasileiros, argentinos, uruguaios, colombianos, americanos, coreanos, chineses, judeus, árabes e indianos investiram em lojas que vendiam uma imensa variedade de produtos: de bugigangas de origem duvidosa a eletrônicos de última geração. Para os antigos moradores da cidade, acostumados a uma vida tranquila, a sensação era de que a cidade iria explodir. O hotel Amazonas e os outros menores de repente se viram com capacidade sempre esgotada, assim como os aviões da Varig e da Vasp, que chegavam lotados de passageiros com malas vazias e bolsos recheados de dinheiro. Os brasileiros estavam ávidos para comprar produtos importados, que custavam o dobro em São Paulo e no Rio de Janeiro.

A Amazon Flower Fragrâncias Ltda. aproveitou muito bem aquela pororoca de bons negócios, enquanto a exportação de produtos amazônicos também crescia, ainda que a passos mais lentos.

David e Oleg: a fuga

Un judio solo és un judio en peligro.
Elie Wiesel

Em 1969, Neil Armstrong pisava na Lua. Em 1970 os Beatles se separavam e nós, brasileiros, festejávamos o tricampeonato de futebol do mundo. Nas asas da prosperidade recente e sem os filhos em casa, Berta e eu resolvemos viajar e assistir ao jogo final na Cidade do México. Planejamos tudo com bastante antecedência e, mesmo sem saber quem chegaria à final, compramos nossas entradas antes mesmo do início dos jogos.

Orgulhoso, avisei meu irmão na Bulgária. David era apaixonado por futebol desde criança, ainda mais do que eu. Na carta de resposta, ele disse que adoraria estar conosco, mas já que não podia, assistiria às partidas pela televisão com Oleg, e iriam torcer para o Brasil chegar às finais e ganhar o campeonato. Naquele ano a seleção não vinha jogando bem, é verdade, mas tendo jogadores como Pelé, Tostão e Rivelino, tudo poderia acontecer.

Dias depois, meu irmão avisou que o chefe dele, vice-ministro da Indústria e Comércio e amigo de longa data, estaria no México na mesma época em visita oficial. David pediu o nome do nosso hotel para mandar por ele uma garrafa de Slivovitz búlgara, bebida de que eu gostava muito. Ainda deu tempo de responder que o hotel se chamava Santa Isabel Sheraton; era conhecido.

Já no México, torcemos para o Brasil ganhar do Uruguai e chegar à grande final. Do outro lado, Itália e Alemanha travaram um fantástico duelo, que alguns ainda chamam de Partida do Século XX, vencida pela Itália por quatro gols a três. No meio de uma multidão eufórica de brasileiros, Berta e eu passamos os dias que antecederam o jogo decisivo em uma festa permanente. No dia anterior, ainda cedo, fui acordado por um telefonema do hotel.

– Senhor Hazan, bom dia. Desculpe a ligação a esta hora da manhã, mas preciso lhe entregar um presente do seu irmão David – meu interlocutor disse em búlgaro.

– Posso descer agora, e a gente se encontra no saguão – respondi.

– Prefiro lhe encontrar a sós no seu apartamento em meia hora, se possível.

Alguma coisa no tom da voz me disse que se tratava de coisa importante, por isso aceitei imediatamente.

Berta se vestiu, desceu para tomar café de manhã, e eu fiquei esperando no apartamento. Em exatos trinta minutos alguém bateu à porta, e me deparei com um homem da minha idade, muito bem vestido, alto, forte e visivelmente nervoso. Ele me cumprimentou, entrou rápido no quarto e me entregou um pequeno pacote: a bendita Slivovitz, minha bebida predileta, que David tinha mandado com tanto amor.

– Muito prazer! Desculpe pela invasão logo cedo, mas prefiro que esse nosso encontro não seja do conhecimento de mais ninguém. Por coincidência, nossa delegação está hospedada neste mesmo hotel e no saguão não teríamos a privacidade de que precisamos. Como não temos muito tempo vou direto ao assunto – alertou o homem afobado. – Meu nome é Nikolai Chernev, sou chefe imediato do seu irmão. Estou no México para concluir a primeira parte de um acordo comercial entre Bulgária e México. Em breve, ainda este ano, David virá ao México a trabalho e deve permanecer alguns meses, porque vai cuidar da execução desse projeto. Somos amigos desde a resistência aos fascistas, quando éramos jovens idealistas. Devo muito a ele e acho que o sentimento é recíproco.

– Eu sei. David sempre fala a seu respeito.

– Não posso compartilhar tudo com ele. Algumas coisas que vou lhe contar agora devem ficar apenas entre nós. Se um dia alguém perguntar sobre este encontro e o conteúdo da nossa conversa, vou negar que te conheço, Licco. Trata-se de uma questão de vida ou morte para David, mas também para mim.

– Pode contar comigo. Diga logo de que se trata. – Estava impaciente.

– O senhor precisa se encontrar com David assim que ele chegar ao México e tem que convencê-lo a não voltar à Bulgária. Tenho motivos fortes para acreditar que a qualquer hora ele pode ser preso e acusado de espionagem, traição à pátria ou alguma coisa parecida. Depois da última guerra no Oriente Médio, as coisas endureceram para ele, ainda mais por nunca ter escondido a simpatia pelo sionismo. Não me pergunte como, mas tenho certeza do que estou dizendo e por isso estou trazendo o David para cá, dando-lhe uma chance para se salvar.

Isso é a única coisa que posso fazer por ele. Cabe a você convencê-lo a ficar, sem envolver meu nome. Não vai ser fácil, mas você não pode falhar.

– O que vai acontecer com o filho dele? – perguntei angustiado.

– Não sei. Oleg agora mora com David e estuda na Universidade de Sofia, Kliment Ohridski. David pode tentar trazê-lo, mas, sinceramente, duvido que permitam. Talvez deixem que Oleg visite seu pai nas férias. David está correndo grande risco e deve ser a nossa prioridade agora.

Nikolai se levantou e ficou claro que a conversa tinha acabado:

– Boa sorte amanhã. Todos nós estaremos torcendo pelo Brasil.

Não entendi bem quem eram *todos nós*, mas, ainda tonto, agradeci. Nikolai, aliviado por termos concluído o encontro, saiu do quarto com passos apressados. Ainda deu para vê-lo descer as escadas em vez de pegar o elevador. "Esses caras têm medo até da própria sombra", pensei. "Na delegação búlgara deve ter mais gente dos órgãos de Segurança do Estado que homens de negócios."

De fato, em uma das últimas vezes que conversei com David, ele tinha falado de seu amigo, Nikolai Chernev, um homem de grande coragem, que não temia nada nem ninguém. A descrição era bem diferente do homem assustado, triste e apressado que conheci naquela manhã.

Assistimos à grande final nervosos no começo, mas logo depois, alegres e orgulhosos. Naqueles noventa minutos, deixamos para trás todas as preocupações e festejamos junto com os milhares de torcedores brasileiros e mexicanos, que tinham apoiado a seleção. Não só éramos campeões pela terceira vez, mas também ficou evidente que nossa alegria espontânea contagiava até a torcida dos times adversários. Como era bom ser brasileiro!

Para os militares, aquela vitória tinha sido uma bênção. Uma onda de patriotismo exagerado tomou conta do país – até Deus foi proclamado brasileiro! Mas a animação durou pouco, e voltamos à dura realidade. Sem mudanças radicais, educação adequada para todos, liberdade nem democracia, não chegaríamos muito longe. O governo autoritário, às custas de um endividamento externo desproporcional, tinha colocado o país nos trilhos da estabilidade e melhorado os fundamentos da economia brasileira em um primeiro momento, mas essa fase positiva acabou rápido, e a inflação desenfreada castigou todos, em especial os mais pobres. Ficou mais atrativo especular que trabalhar.

Nikolai Chernev acertou quase todos os acontecimentos que se seguiram, mas errou num ponto fundamental: o tempo. David foi preso no aeroporto de Sofia, quando embarcava para o México, muito antes do que Nikolai tinha previsto. Em Manaus, sem saber de nada, ficamos esperando informações para marcar a nossa viagem ao México. Sem notícias, tentamos telefonar para Oleg, mas as conexões eram tão precárias que desistimos logo. Consegui falar com Nissim, que ainda vivia em Madrid, e após alguns dias foi ele quem descobriu a terrível verdade. O choque foi muito grande, e eu não parava de me culpar por não ter alertado meu irmão a tempo.

Entrei em depressão profunda, que só melhorou quando meus filhos Daniel e Sara voltaram dos EUA. Berta jurava que não, mas eu sabia que ela os tinha chamado de volta para tentar me tirar daquela tristeza. Daniel tinha se formado já há algum tempo e estava trabalhando em Nova York em um banco internacional. Sara acabara de se formar. A questão era se eles gostariam de voltar para Manaus ou prefeririam ficar nos Estados Unidos. A escolha tinha que ser deles, e para meu deleite, os dois quiseram voltar.

Meses depois chegou uma carta de Oleg, sem comentário algum, apenas contando que o pai fora condenado a quatro anos de prisão fechada, por ter revelado segredos tecnológicos da Bulgária para firmas privadas do Ocidente. A acusação era tão infame, vaga e infantil que provocava revolta. Meu sobrinho contou também que David estava trabalhando na prisão: dois dias de trabalho valeriam por três da sentença, e então a pena total seria reduzida a 32 meses. Lendo a carta de Oleg, lembrei-me da conversa com David no campo de trabalhos forçados quase trinta anos antes, quando ele anunciou sua intenção de fugir, porque não suportava a escravidão à qual éramos submetidos. Imaginei a frustração daquele homem orgulhoso e idealista, acusado de traição pelo regime que tinha ajudado construir. Que ironia!

David foi libertado em abril de 1973, e programamos para maio uma viagem da família inteira à Bulgária. Precisava falar com meu irmão, conhecer Oleg e, o mais importante, ajudar a definir o futuro deles. Não dava para se comunicar com tranquilidade por cartas, que deviam ser lidas e analisadas pelos órgãos de segurança. Além disso, era uma oportunidade de mostrar a Bulgária a nossos filhos, que ainda não a conheciam. Maio sempre é um mês muito agradável naquela parte da Europa, temperatura amena, pouca chuva e flores por todo lado, especialmente no Vale das Rosas.

Estávamos bastante nervosos porque meu irmão tinha passado de autoridade a inimigo do regime, mas nossa chegada em Sofia foi tão emocionante quanto havia sido da última vez. O encontro com David e Oleg é um dos momentos que nunca vou esquecer. David estava um pouco mais magro e ainda mais calvo, mas em boa saúde. Parecia não ter sido muito maltratado na prisão. Desde o primeiro momento gostamos muito de Oleg, que era um jovem doce e bem educado. Falava ladino muito mal, e meus filhos falavam pouca coisa em búlgaro; a despeito disso, os primos logo se entenderam e ali começou uma amizade que continua até hoje. Eu era de novo um homem feliz!

Os dias que passamos na Bulgária foram muito agradáveis. Assim como costumávamos fazer quarenta anos antes, passeamos um dia inteiro na montanha, Vitosha. Foi uma oportunidade ímpar para conversar, sem dar oportunidade aos estranhos que pudessem estar interessados em escutar nossos assuntos. Era provável que estivéssemos sendo seguidos no hotel, mas na montanha não dava para instalar microfones nem ser abordado de surpresa.

– Meu irmão, estamos todos muito felizes que você esteja bem – disse. – Agora que podemos falar, conte o que pretende fazer daqui para frente.

– Licco, meu irmão, que bom estarmos juntos de novo. Sempre fui fã de Berta, mas agora estou adorando também seus filhos – respondeu David. – O que passou, passou – ele continuou. – Logo vou voltar a trabalhar, agora em uma função sem importância, talvez na usina de Kremikovtzi. Na Bulgária, oficialmente não existe desemprego, então vão arranjar alguma coisa para mim. Sendo inimigo do povo, não posso esperar muita coisa.

Senti a voz dele embargada e tentei ser prático mesmo em um momento delicado como aquele:

– Não há vento favorável para quem não sabe aonde quer ir. Temos que resolver o destino de vocês sem demora. Estariam interessados em sair da Bulgária e ir para o Brasil?

– Licco, não quero sair de uma ditadura e entrar em outra. Tenho conversado com Oleg, e achamos que se sairmos da Bulgária, melhor seria ir para Israel. Isso se conseguirmos permissão de emigrar, algo improvável neste momento. Na Bulgária, não há mais futuro para mim. Um dia vou ser reabilitado, eu sei, mas não dá para esperar tanto tempo. A minha maior preocupação é Oleg, que está se formando agora na faculdade de engenharia e vai precisar de emprego. Uma coisa é certa: não vai conseguir coisa boa sendo filho de um traidor.

– Não importa para onde vão, Licco e eu vamos ajudar – disse Berta. – Oleg não vai sentir falta da mãe dele?

– Com certeza – Oleg respondeu. – Minha mãe casou de novo e tem dois filhos pequenos. Meus pais estão distantes, não se falam. Para mim é muito difícil, mas já resolvi isso dentro de mim. Papai está só e precisa muito mais de mim. Vou ficar com ele.

Ficou decidido que David e Oleg iriam pedir passaportes para nos visitar no Brasil, algo mais provável de conseguir que permissão para ir até Israel. Nesse meio tempo, eu iria estudar alternativas, inclusive uma possível fuga.

De volta à cidade, ninguém falou mais sobre aqueles combinados. Aproveitamos o tempo para visitar o nosso velho apartamento, onde David e Oleg ainda moravam. Quase nada tinha mudado: os mesmos móveis antigos, a mesma pintura e os mesmos *gobelins*, só que agora muito mal cuidados e desgastados pelo tempo. As únicas novidades eram uma geladeira e um televisor da marca búlgara Opera.

– Nesse televisor assistimos à final no México. Não deu para ver vocês na multidão do estádio Azteca, mas torcemos como loucos! – disse Oleg.

Senti que, mesmo sem saber, fazíamos parte da vida daquele jovem desde muito antes de conhecê-lo. Prometi a mim mesmo que não mediria esforços para tirar David e Oleg da Bulgária e dar a eles a oportunidade de reconstruir suas vidas. Tinha de agir rápido, David tinha quase 50 anos. Lembrei-me das palavras de Graham Greene: "Quando a gente chega à idade de conhecer o caminho, já não tem mais para onde ir". Por sorte ainda tínhamos algum tempo.

Ainda faltava mostrar um pouco mais da Bulgária para Daniel e Sara, então decidimos viajar a Tarnovo, capital do país na Idade Média, acompanhados de um guia turístico que se revelou excelente conhecedor da história. Em dois dias conhecemos um pouco do passado glorioso da Bulgária medieval e vimos traços de civilizações antigas, de até 5.000 anos a.C., preservados naquele canto dos Bálcãs. Nosso guia tinha o incrível dom de contar complexos fatos históricos com poucas palavras. Assim aprendemos um pouco sobre o aparecimento do país, em 681, e os dois Reinos Búlgaros, que em diferentes momentos chegaram a dominar os Bálcãs inteiros até que, em 1393, sucumbiram diante dos exércitos turcos e permaneceram como parte integrante do Império Otomano por longos quinhentos anos.

– Incrível! – Sara exclamou. – Como é rica a história deste país!

Nosso guia apenas sorriu:

– O que estou contando é só uma síntese da síntese da nossa história. Estou tentando dar uma aula para apressados turistas brasileiros!

– Fico imaginando este local sagrado para todos os búlgaros na época da rainha judia Sara-Teodora. Naquele tempo, em 1350, Colombo sequer havia nascido, a América ainda não tinha sido descoberta, mas a Bulgária já estava no final do Segundo Reinado! – espantou-se Berta. – Nos cemitérios das principais cidades há sepulturas de muitos Hazan e Michael, nossos ancestrais. Hoje, mesmo sendo brasileiros e sem perspectivas de voltar, nada neste mundo pode abalar nosso vínculo com este país.

Uma passagem pelo cemitério para visitar nossos pais, avós e meu amigo Salvator. Alguns trocados para limpar as sepulturas, uma visita à Corecom, loja onde tudo era vendido em dólares, para abrir uma conta em nome do David Hazan e chegou a hora das despedidas.

– Vamos em frente! – eu disse.

David não disse palavra, mas lançou um olhar que não deixava dúvida alguma: agora nada iria nos parar.

Da Bulgária fomos para a Espanha. Ficamos hospedados na casa de veraneio de Nissim, em Guadarrama, a poucos quilômetros de Madrid. Maria Luiza acompanhava Berta, Daniel e Sara numa rápida visita a Toledo, cidade onde tinham morado nossos ancestrais quinhentos anos antes, até serem expulsos pela Inquisição. Pelo menos era o que afirmava meu avô.

– Não o conheço pessoalmente, mas tenho certeza de que este tal de Max Haim entende do assunto. Um amigo confirmou que ele já organizou a fuga de várias pessoas e que até hoje nunca falhou – disse Nissim entre um gole de vinho e outro.

Nissim havia feito algumas ligações internacionais até que um conhecido deu o telefone de Max Haim, em Viena. Sem demora telefonamos e, para nossa sorte, ele mesmo atendeu. Nissim se apresentou, explicou que tinha um assunto importante e urgente a tratar e que estaria pronto a se encontrar com ele em qualquer lugar. Como era de se esperar, no dia seguinte Nissim e eu viajamos para Viena.

Encontramos Haim em um restaurante perto da Stephansplatz, praça central de Viena. Era um senhor gorducho, com aparência de bonachão, que em nada se parecia com o James Bond que esperávamos encontrar. Contei para ele a história do David e pedi seu conselho. Haim confirmou que tinha prestado alguns serviços a Simon Wiesenthal, o famoso caçador de nazistas, e que também tinha ajudado na fuga de algumas pessoas do bloco comunista. Nas horas vagas tinha uma loja de antiguidades, muito conhecida em Viena.

– Esse tipo de aventura precisa ser algo muito bem elaborado. Não se trata de pular o Muro de Berlim ou correr através da fronteira – ele disse, sorrindo. – Como podem ver, não tenho físico para tanto. No seu caso, primeiro temos que esperar o resultado do pedido de passaportes, para só depois traçar um plano.

– Qual é a chance de sucesso caso precisemos de uma fuga? – eu estava nervoso.

– Depende de duas coisas – emendou Haim. – Primeiro, se estão dispostos a gastar por volta de 40 mil dólares com este projeto. A segunda é se seus parentes podem conseguir permissão para viajar pelo menos dentro do bloco soviético. Em geral é fácil receber autorização para ir à Romênia ou Alemanha Oriental, países mais rigorosos. Caso consigam essa permissão, a coisa se torna muito mais fácil e é só esperar até o próximo verão. Seu irmão e o filho dele estarão aqui em Viena em julho de 1974. Faço isso com muito prazer e de graça para gente de que gosto. Sou sobrevivente do campo de concentração Mauthausen e sei bem o que vocês estão passando.

Concordamos em deixar esse plano como segunda opção até que as definições fossem aparecendo. Não fazia ideia dos detalhes da fuga e confesso que tremi quando Max Haim falou em Romênia e Alemanha Oriental. Por outro lado, tinha de reconhecer que aquele James Bond rechonchudo parecia confiável e muito competente.

Voltamos a Manaus e aos nossos negócios. Precisava juntar pelo menos 40 mil dólares, o que era muito dinheiro naquela época. A exportação era fraca em 1973, mas a importação estava bastante vigorosa. Do Panamá, importávamos toca-fitas para carro e aparelhos de som Pioneer em grandes quantidades, e rádios-gravadores de diversas marcas, além de facas elétricas e secadores de cabelo, que faltavam no mercado brasileiro. A Berimex também ia bem, mas a necessidade de mais capital ficava cada vez maior. No final daquele ano abrimos nossa primeira revenda autorizada de automóveis, e isso exigiu um esforço adicional. Foi naquela ocasião que nosso sócio, Gustavo, recebeu uma herança inesperada e ofereceu uma boa injeção de capital em troca de maior participação na empresa. Sem muita escolha, aceitamos a oferta e garantimos o rápido crescimento tanto da Berimex quanto da Amazon Flower.

Com dinheiro na mão, as coisas melhoraram, e os negócios responderam de forma imediata. Aprendemos que quando se acerta no alvo em algum negócio ou produto, os lucros vêm rápido. Da mesma forma, os erros geram prejuízos implacáveis, então é preciso estancar o sangramento, não se pode ter pena. Tem que cortar na carne, engolir o prejuízo e seguir em frente.

Daniel começou a trabalhar na Amazon Flower e pouco a pouco assumiu também o comando da Berimex. Era um homem de negócios muito melhor que eu, afinal tinha sido preparado para isso. Eu apenas seguia minha intuição e os breves ensinamentos de Leon Farhi. Sara preferiu continuar os estudos. Depois de se formar em economia pela Universidade de Berkeley, descobriu que sua verdadeira vocação era o direito. Tratava-se de uma área que só poderia estudar no Brasil, por isso ela também ficou em Manaus, e nossa pequena família se uniu de novo. Agora só faltavam David e Oleg.

No final do mesmo ano, David recebeu uma resposta negativa ao pedido de emigração para o Brasil. Sabendo que 1974 seria um ano agitado, avisei Max Haim que só restava a solução mais radical e que o dinheiro já estava disponível. Uma semana depois, Max telefonou e informou que alguém da nossa confiança teria de viajar o quanto antes para Viena para receber instruções e depois para a Bulgária para transmiti-las a David. Em uma reunião familiar, resolvemos que Sara e eu ficaríamos na Europa o tempo que fosse necessário.

Depois disso, tudo aconteceu muito rápido. Uma vez em Viena, Max nos entregou uma máquina fotográfica semiprofissional e mostrou o tamanho e formato das fotografias que precisávamos tirar de David e de Oleg. Imediatamente me lembrei de Albert Göering e suspeitei que se tratava da confecção de passaportes falsos. Chamei a atenção de Max para o fato de David ser muito conhecido em Sofia – ele poderia ser descoberto. Max riu:

– Fique tranquilo, amigo. Estamos preparando uma operação de guerra, e estou tendo o maior cuidado. Como ainda vai perceber, estou levando tudo muito a sério. Temos duas vidas nas mãos.

Decidimos que só Sara viajaria para a Bulgária, pois eu chamaria mais atenção, algo que deveríamos evitar.

– Ainda mais importante que as fotografias de David e Oleg é o planejamento da viagem para Praga no final de junho. De lá, uma rápida passagem por Budapeste na Hungria, e o retorno à Sofia lá pelo dia 10 de julho – explicou Max sem perder tempo. – Duas paradas são essenciais para maior margem de segurança da operação. Licco, você precisa transferir mais algum dinheiro para a conta de David no Corecom para ele ter dinheiro suficiente. No início de maio, David e Oleg têm de pedir autorização para essa curta viagem, tudo dentro do bloco soviético. A resposta positiva ou negativa para este tipo de viagem é quase imediata. Na verdade, nem precisa de passaporte, apenas de uma autorização. Com ela na mão, David tem que comprar as passagens aéreas – a expressão de Max ficou ainda mais séria. – Entre 25 e 30 de maio, de manhã cedinho, David vai receber três chamadas telefônicas em sequência, uma atrás da outra, mas ninguém do outro lado vai falar, simplesmente vai desligar. Às 10 da manhã ele deve sair do apartamento e se dirigir à loja da Corecom no centro da cidade para comprar cigarros americanos ou alguma outra besteira. Na ida ou na volta, um mensageiro vai entrar em contato com ele e terá de receber a informação completa sobre a data das viagens, o número dos voos, a companhia aérea e os horários. Sara vai ter que combinar tudo isso com David e Oleg. Não há lugar para dúvidas.

Quis fazer mais perguntas, mas Max queria terminar a conversa:

– Se tudo correr bem como eu espero, nesse mesmo dia nosso homem volta a Viena com boas notícias, e vamos abrir uma garrafa de champanhe. Aí conto o próximo passo. Uma última coisa: nada pode ser comentado em cartas. A partir de agora toda a comunicação precisa ser oral. Não podemos correr risco algum.

Não avisei Berta dessa viagem de Sara. Sabia que iria ficar muito nervosa e, embora eu julgasse a primeira parte da operação pouco perigosa, preferi reservar todo o nervosismo só para mim. Falar pelo telefone com Manaus era difícil e dependia de diversas telefonistas pelo caminho. Berta ficaria desesperada com a falta de notícias.

Graças a Deus, três dias mais tarde Sara voltou. Quando a vi no aeroporto percebi que tinha chorado. Abracei-a e, quando ficamos a sós no carro alugado, ela começou a contar. Tudo correu bem com David e Oleg – tinha tirado várias fotografias e dera as instruções em um passeio pela montanha. Ainda havia sobrado tempo para conhecer melhor a cidade em companhia de Oleg. O inverno na Bulgária é bastante rigoroso, e Sara tinha achado Sofia muito mais cinza que na visita anterior, em maio. Quatro horas antes do voo de volta para Viena, ela tinha chegado ao aeroporto, despachado a mala e, quando apresentou o passaporte no guichê da emigração, sentiu que alguma coisa estava errada.

– Papai, ali ninguém falava nada fora búlgaro: nem inglês nem espanhol nem nada. Seu irmão e Oleg já tinham ido embora, mas com dificuldade entendi que a policial procurava o formulário que a gente preenche na entrada. Tentei explicar que aquele papelzinho tinha sido retido junto com meu passaporte quando me registrei no hotel. Até resisti ao sequestro dos meus documentos, mas não teve jeito. Depois de pagar a conta, já na saída do hotel, devolveram-me o passaporte, mas o maldito formulário ficou. Não reclamei porque parecia o procedimento normal. Meia hora depois apareceu um funcionário mal-humorado que falava inglês. Repeti a história e as coisas só pioraram – Sara contava com os olhos ainda cheios de lágrimas. – O cara telefonou para o hotel e conversou um bom tempo com alguém da recepção. Enquanto falava, não parava de balançar a cabeça em sinal de negativo e eu, desesperada, comecei a chorar. Parecia que aquilo não terminaria nunca.

Quando desligou, sem dizer uma palavra, o sujeito saiu e me deixou esperando quase meia hora. Lembrei-me do seu amigo Salvator e passei a imaginar aquele sujeito em todo tipo de situações embaraçosas. Por incrível que pareça, isso ajudou de verdade. Não sei o que aconteceu, mas de repente ele voltou, carimbou meu passaporte e me liberou. Entrei no avião e desabei a chorar, tremia toda e só melhorei quando começamos a descer em Viena. Se não tivesse chegado com grande antecedência no aeroporto de Sofia, provavelmente teria perdido o avião. Você ficaria louco se eu não chegasse nesse voo!

Conhecia a burocracia búlgara e podia imaginar a aflição daquela menina corajosa. Por outro lado, estava com uma vontade irresistível de rir:

– Sara, querida, lamento muito o acontecido. Por incrível que pareça eu tenho alguma culpa neste caso. Deveria ter contado antes que na Bulgária o balançar da cabeça para o lado significa positivo, e não negativo. Não me pergunte por quê, mas até nisso os búlgaros são diferentes do resto do mundo.

Sara me olhou meio incrédula, e o rosto dela se iluminou em um sorriso alegre, mostrando as covinhas que ela tinha herdado de Berta.

As instruções seguintes de Max Haim foram claras:

– Podem viajar de volta para o Brasil. Nos próximos meses não vai ter mais nada para fazer. Vou esperar vocês em Viena no dia 25 de maio – disse Max, e eu senti que ele estava satisfeito com a primeira parte da operação.

Os meses que se seguiram foram muito tensos. De vez em quando, telefonava para Max Haim, e ele sempre me assegurava que os preparativos estavam sendo feitos de acordo com o esperado. Parecia que o tempo não andava, e a única coisa que aliviava nossa angústia era o trabalho e a leitura.

O interesse pela literatura brasileira, tão pouco conhecida no resto do mundo, só aumentava. Líamos tudo: de Machado de Assis a Jorge Amado, a quem Berta sempre considerou forte candidato a trazer o primeiro Prêmio Nobel para o Brasil. Em toda a literatura mundial é difícil encontrar outro escritor que tenha exercido tamanho fascínio no público leitor do seu país quanto ele, ainda mais porque o brasileiro não é um leitor aplicado. A sensualidade impressionante de alguns dos personagens, sem aquela pornografia disfarçada a qual muitos autores modernos não resistem, espelha bem o modo de ser da alma brasileira. Uma delícia de leitura, que diverte, desperta a imaginação e seduz.

A Zona Franca de Manaus estava crescendo com rapidez e, por isso, nossa importação prosperava. As áreas de livre comércio sempre atraem muita gente atrás de negócios e fortuna, e era de se esperar que aparecessem também alguns aventureiros.

Houve uma espécie de revolta de um bem conceituado lojista português, dono de várias unidades espalhadas pela cidade, que foi vítima de um golpe no mínimo curioso. Um pequeno atacadista, que acabara de se instalar por lá, ofereceu para ele uma grande quantidade de *gobelins* a um preço muito baixo. Ninguém em Manaus tinha experiência com esse produto novo, e o português preferiu não comprar. O atacadista então ofereceu uma pequena quantidade em consignação; então, sem desembolsar dinheiro algum, o lojista aceitou fazer a experiência e logo constatou que todos os dias várias unidades eram vendidas. Animado, encomendou uma quantidade maior e de novo ficou muito satisfeito com o resultado. Consultou de novo, e o atacadista informou que sobravam apenas quatro mil peças daquele pão quente e que agora só venderia contra pagamento em dinheiro. O produto era sucesso absoluto, o preço era muito baixo e por esta razão não poderia mais conceder prazo de pagamento.

O lojista decidiu comprar, pagou tudo à vista e, para surpresa dele, os *gobelins* encalharam nas prateleiras. Não aparecia nem um freguês interessado. O vendedor desonesto nunca reconheceu que tinha armado o golpe, mandando todos os dias os próprios funcionários comprarem alguns *gobelins*. Apesar das evidências, nada foi provado, e o lojista português teve de aceitar o prejuízo.

Esse tipo de atacadista desonesto sempre existiu, mas eles não conseguiram se firmar no mercado de Manaus por muito tempo. A praça era pequena, todos se conheciam, e as notícias se espalhavam com rapidez impressionante. Para aqueles que trabalhavam honestamente, a simples existência desses golpistas funcionava como uma verdadeira reserva de mercado. Era incrível haver gente que trabalhasse tão duro e usasse uma criatividade assombrosa só para enganar os outros. Se fizessem o mesmo esforço em trabalho honesto, teriam muito mais sucesso.

Enfim chegou maio, e dessa vez Berta e eu fomos para a Europa. Chegamos a Viena um dia antes do mensageiro de Max Haim viajar para a Bulgária para colher as informações de que precisávamos.

– E se o telefone de David não funcionar? – indagou Berta.

– O telefone vai funcionar. Pensamento negativo não é comigo, mas fiquem tranquilos porque existe um plano B para todas as eventualidades – retrucou Max, cortando logo a conversa.

Mais três longos dias e nosso mensageiro voltou triunfante. Ansiosos, esperamos por ele no aeroporto e pelo sorriso largo percebemos, mesmo à distância, que o plano estava funcionando.

– Eles voam no dia 13 de junho para Praga com a Balkan Airlines, e no dia 18 para Budapeste com a companhia húngara Malev – informou o mensageiro assim que saiu da área internacional.

Max, que até então estava bastante tenso, ficou aliviado e logo sugeriu:

– Vamos jantar juntos. Estou de dieta como sempre, mas hoje podemos comer e beber à vontade. Seu irmão e seu sobrinho já estão com uma perna em Viena. No jantar, vou contar o próximo passo.

Não conseguia entender nada. Sair da Hungria para o Ocidente era tão difícil quanto sair da Bulgária. Por que Max festejava como se o mais difícil já tivesse passado? Mal conseguimos esperar o jantar.

– Vamos analisar a situação – disse Max.

Estávamos sentados em um restaurante sofisticado, bem perto da Ópera de Viena. Um piano tocava música de fundo e tornava o ambiente muito agradável.

– Inspirado pela boa música e por alguns goles de vinho, a minha avaliação é que já estamos na metade do caminho. Temos dois bons moços na Bulgária que estão preparando suas malas para viajar. No dia 13 de junho eles voam para Praga, que, aliás, é uma cidade belíssima. Após alguns dias agradáveis, um pouco de turismo e muita cerveja pilsen, eles vão pegar um avião da companhia húngara Malev para Budapeste no dia 18. Trata-se de uma viagem curta, mas importantíssima, porque durante o voo acontece nosso pulo do gato. Tudo até aqui correu normalmente, certo? Agora começa a parte inusitada. Um pouco antes de chegar em Budapeste, David e Oleg vão descobrir que o simpático casal uruguaio sentado ao lado deles os conhece e tem um presente para eles.

– O que é que você está planejando, homem? – Berta perguntou incrédula. – Sequestrar o avião?

– Muito pelo contrário, cara Berta, sou um homem pacífico. O simpático casal vai entregar aos moços búlgaros dois passaportes uruguaios legítimos, com fotografias deles e tudo mais, apenas com nomes diferentes. E ainda vai ficar com os documentos búlgaros. Em Praga, terão embarcado dois búlgaros e dois uruguaios, mas em Budapeste vão desembarcar quatro uruguaios e nenhum búlgaro – Max vibrou, empolgado com o plano.

Ninguém sequer piscava enquanto ele contava aquela história fabulosa:

– Por segurança, o casal uruguaio passará pelos controles de imigração primeiro, levando todos os documentos que poderiam comprometer David e Oleg. Só depois é que nossos búlgaros, disfarçados de uruguaios, vão cruzar a fronteira. Todos os quatro receberão carimbos legítimos de entrada na Hungria e, uma vez passada a alfândega, vão se juntar a um grupo de mais quatro uruguaios, que estarão esperando no saguão do aeroporto. Em plena Copa do Mundo, o grupo de oito torcedores uruguaios viaja em uma Kombi pela Europa e tem que estar no dia seguinte na Alemanha, onde o Uruguai vai disputar uma partida importante. Os detalhes mais observados pelos guardas na saída da Hungria são os carimbos de entrada, que vão ser tão legítimos quanto os passaportes uruguaios. A maneira utilizada para verificar se existe alguma imperfeição é colocar os documentos debaixo de luz negra. Esse teste já fizemos e passamos com louvor – explicou orgulhoso. – Nesta época do ano, ainda mais durante a Copa do Mundo, Praga e Budapeste recebem milhares de turistas, e o grupo de torcedores uruguaios passará despercebido. O caminho para a Alemanha passa pela Áustria, e é lá que estaremos esperando nossos uruguaios de braços abertos.

Contado por Max, tudo parecia muito simples.

– Então precisamos de passaportes falsos. Quem é o falsário? Você? – perguntei ainda atônito.

– Ora, Licco, primeiro que não faço esse tipo de serviço, e, segundo, prefiro chamar o homem que confeccionou os passaportes de artesão ou artista. Falsário soa tão rude!

– Crianças, nos próximos dias têm tempo livre, férias mesmo! Mas no dia 17 de junho quero todos de volta a Viena!

De repente me senti confiante e confortável, relaxei, afastei os maus pensamentos e vi Berta sorrindo confiante como não a via há muito tempo. O jantar foi excelente e o vinho, melhor ainda.

– Agora acredito que tudo vai mesmo correr bem. Só não sei como vamos aguentar este tempo todo até o grande dia chegar! – exclamei.

Então Berta teve uma ideia genial:

– E por que não viajamos a Istambul por alguns dias? Podemos procurar o senhor Omer, com quem não temos contato há muitos anos. Aproveitaremos para recordar um pouco do nosso namoro e da nossa festa de casamento. Passaram-se trinta anos...

– Mas é claro! Nossas lembranças de Istambul são tão lindas! Vamos nos hospedar naquele hotel, perto da avenida Istiklal e da praça Taksim. Na época era o melhor da cidade. Se não me engano, o nome era Pera Palace, muito usado pelos passageiros do Orient Express no início do século. Ainda naquela época me passou pela cabeça um dia voltar como turista àquele lugar fantástico, só que com documentos regulares e algum dinheiro.

No dia seguinte, marcamos a nossa viagem à Turquia e planejamos uma rápida visita à cidade de Éfeso, cujas ruínas muito bem preservadas revelam muito sobre a vida na Grécia Antiga e no Império Romano. Berta tinha lido sobre o Templo de Ártemis, considerado uma das maravilhas do mundo no século I a.C., quando 250 mil pessoas ali residiam. Era uma oportunidade ímpar de nos distrairmos por alguns dias e conhecermos a história do mundo antigo.

Mesmo com o nervosismo e a angústia que não nos deixavam, foi uma viagem memorável. O senhor Omer, que tinha sido nosso anfitrião trinta anos antes, tinha falecido havia pouco tempo, mas encontramos a viúva e seu filho mais velho, que ainda mantinham a velha pensão em funcionamento. Ver de novo aquele lugar tão importante nas nossas vidas, pouco afetado pelos anos, foi uma emoção sem igual. Embora hospedados no magnífico Pera Palace, fizemos questão de passar uma noite na pensão que nos abrigou quando mais precisávamos e que foi palco do nosso casamento. No sufoco da espera, vivemos alguns momentos de pura magia.

Voltamos a Viena revigorados e encontramos Max mais otimista do que nunca. Apesar da ansiedade, ficamos no hotel, recolhidos no quarto, lendo e assistindo à televisão enquanto os minutos passavam devagar. Até que no dia 19 de junho, às duas da madrugada, uma Kombi cheia de uruguaios barulhentos parou em frente ao nosso hotel, trazendo David e Oleg. Os uruguaios agradeceram mil vezes o passeio que Max Haim tinha patrocinado e seguiram viagem para a Alemanha.

Coincidência ou não, aquele jogo do Uruguai seria contra a Bulgária. O empate por um a um foi decepcionante para os dois lados. Assim como o Brasil, atropelado pela seleção laranja, os uruguaios voltaram para casa mais cedo. Vinte anos mais tarde, a Bulgária, comandada por Hristo Stoichkov, conquistaria um histórico quarto lugar no mundial de 1994, e o Brasil conseguiria seu primeiro título depois da era Pelé, o tão sonhado tetracampeonato.

Max Haim ainda ajudou a legalizar a situação de David e Oleg na Áustria e conseguiu a *aliyah* para Israel. Meu irmão e meu sobrinho foram um perfeito exemplo de imigrantes que deram certo, porque humildemente aceitaram as regras da vida imigrante e, de peito aberto, procuraram se adaptar ao novo lar.

Oleg, como muitos jovens, serviu o Exército israelense, aprendeu hebraico, terminou a faculdade de engenharia e, com a ajuda de um rabino, estudou e se converteu à fé judaica. No caso dele, a conversão era necessária, conforme prega a religião, porque o pai era judeu, mas a mãe, não.

David, fiel aos ideais socialistas, preferiu morar num *kibutz*, onde conheceu Ester, uma viúva ainda jovem e bastante bonita. Casaram-se e tiveram Dov, vinte anos mais novo que Oleg. Meu irmão, agora de abençoada memória, também fez uma carreira memorável em Israel e por vários anos foi dirigente do *kibutz* onde vivia.

A história do meu sobrinho Oleg e do meu irmão David é tão bonita que para contá-la teria de escrever outro relato igual a este. Receio que não me reste tanto tempo, por isso escolhi deixar essa tarefa para Oleg.

A graça e a desgraça

Sara concluiu os estudos em direito e começou a trabalhar como advogada na área tributária, da qual entendia bem, graças à sua formação de economista. Aos 28 anos, passou em um concurso e se tornou juíza de direito da Vara da Fazenda Pública do estado do Amazonas. Em poucos anos se tornou muito respeitada em sua função, afinal sempre faltaram bons juristas na realidade tributária brasileira, que é uma das mais complexas do mundo.

Como estávamos numa área de exceção, nossas importações cresceram bastante e proporcionaram uma rentabilidade alta, que às vezes justificava exportar sem lucro só para ganhar mais cota de importação. Quando os videocassetes Betamax e VHS conquistaram o mercado nos anos 1980, a Amazon Flower aproveitou muito bem o momento. Além disso, foi naquele tempo que, prevendo uma futura explosão imobiliária, compramos alguns banhos na periferia da cidade. A água dos igarapés já não era tão límpida, e os proprietários não queriam mais passar neles os fins de semana de calor. Aproveitamos a súbita sobra de dinheiro e os preços bastante atraentes dos banhos para construir um patrimônio imobiliário muito interessante.

A Berimex também prosperou naqueles anos de muita inflação e de estagnação da economia brasileira. Pode parecer absurdo, mas era a mais absoluta verdade: os mais ricos aprenderam a conviver e tirar vantagem da inflação. Tornaram-se especialistas em gestão financeira e passaram a ganhar dinheiro mesmo sem trabalhar. Era óbvio que este perverso precedente especulativo era muito ruim para o país. Com importação, por exemplo, dava para ganhar duas vezes: uma vendendo os produtos e outra na diferença do câmbio oficial para o câmbio paralelo, que chegava a 50%. Um dia recebi um japonês, representante de uma conceituada fabricante de videocassetes, e perguntei qual era o preço FOB Panamá.

– Cem dólares cada um para comprar um lote de quatrocentas peças – respondeu em um inglês difícil de entender.

Fiz os cálculos e fechei o negócio.

– A que preço vai vender para seus clientes? – quis saber.

Respondi que nosso preço seria em cruzados, equivalente a 90 dólares no câmbio paralelo.

– Vai perder dinheiro? – perguntou desconfiado.

– Não, senhor! Vamos ganhar pelo menos 20%.

O japonês arregalou os olhos e, por mais que eu explicasse, não entendia nada. Tanto não entendeu que nunca despachou aquele pedido. Essas grandes diferenças entre o câmbio oficial e o paralelo criavam enormes distorções, que permitiam lucros substanciais e sem muito esforço.

Um episódio curioso e engraçado aconteceu na praça de Manaus por volta de 1980. Naquele tempo, entravam no país muitos produtos falsificados, sobretudo relógios e roupas. Era comum que, depois de comprar uma blusa Lacoste, o comprador desavisado visse o jacaré se dissolver depois da primeira lavagem. Alguns atacadistas se especializavam em relógios Rolex, Cartier, Vacheron Constantin falsos, mas bastante procurados, em particular pelos contrabandistas, que sempre rondam as áreas de livre comércio. Acontece que um desses importadores recebeu um lote de duzentos relógios Cartier e tentou vendê-los na praça, sem muito sucesso. Um dos lojistas foi bastante rude com o vendedor, chamou os relógios de porcaria e ainda usou outros nomes pesados. Era a mais absoluta verdade, mas não precisava ser dito daquela maneira. Contam as más línguas que o lojista mal educado recebeu no dia seguinte uma ligação interurbana:

– Olá, aqui fala o comandante Garcia da Vasp. Lembra-se de mim? Informe se você tem relógios Cartier para venda no atacado, por favor.

– Mas é claro que tenho – respondeu. – De quantos precisa?

– Uns trezentos, pelo menos.

– Acho que tenho 180 ou 200 – respondeu o lojista, agora muito aceso.

Era comum que comandantes e aeromoças que voavam para Manaus complementassem seus salários com a venda de bugigangas compradas na Zona Franca. O lojista não se lembrava do comandante Garcia, mas já tinha atendido muitos pilotos. Costumava ser um negócio muito bom.

– Qual o preço? Dependendo disso, fico com tudo. Amanhã ao meio-dia estou chegando e posso ir direto à sua loja. Vou ficar poucas horas em Manaus.

Seguiu-se uma negociação animada, até que fecharam o negócio. O comandante ainda insistiu numa embalagem um pouco diferente para que ele e as aeromoças que o ajudariam não despertassem a atenção dos fiscais no aeroporto.

Logo depois dessa conversa, o tal lojista ligou para o atacadista que tinha oferecido os relógios Cartier.

– Companheiro, tu ainda tens aqueles relógios de merda?

– Já vendi alguns, mas ainda devo ter umas 150 peças.

Após outra negociação, os 150 relógios foram vendidos e pagos na mesma hora. Só faltou o comandante Garcia, que até hoje ainda não apareceu em Manaus. Não preciso contar que os envolvidos nessa história, cujos verdadeiros nomes prefiro não revelar, foram objeto de inúmeras piadas e nunca mais se falaram.

Um dia recebi no meu escritório a visita do meu amigo Zanoni Magaldi, que queria estudar a possibilidade de juntos comprarmos um terreno grande e bastante degradado na beira do rio Maués. O terreno ficava colado à propriedade dele e se estendia ao longo de uma linda praia. Berta, que adorava aquele lugar, gostou da ideia, ainda mais por não se tratar de muito dinheiro. Logo fechamos o negócio. No ano seguinte, construímos uma pequena, mas confortável casa com uma bela vista para a praia. Contratamos um antigo funcionário de Magaldi como caseiro e, na nossa parte do terreno, começamos uma plantação de pau-rosa.

Sempre passávamos alguns dias naquele lugar mágico e era comum que Sara e Daniel nos acompanhassem. Em 1977, nossa família cresceu. Sara se casou com

Sérgio, seu antigo namorado. Ela já era uma mulher de 32 anos, com carreira definida, pronta para ter família e filhos. Sérgio, sobrinho do meu amigo Moyses Bentes, de Belém, era pesquisador de muito renome do Inpa, além de professor de biologia na UFAM.

No mesmo ano, apenas meses mais tarde, Daniel nos apresentou a namorada dele, Rachel, que era irmã de uma amiga de infância da Sara. Finalmente havia chegado o tempo para Berta e eu pensarmos em netos e em uma vida de menos trabalho. Estávamos discutindo possíveis datas para o casamento de Daniel e Rachel quando aconteceu uma coisa que no início parecia de menor importância. Um domingo de manhã, mal acordei, abri os olhos e vi Berta se examinando com cuidado em frente ao espelho.

– Licco, venha me ajudar – ela pediu. – Achei um pequeno caroço no meu seio.

Coloquei o dedo e senti alguma coisa minúscula embaixo da pele macia.

– Não estava ali ontem – ainda brinquei.

– Preciso ir ao doutor Wallace. Não há de ser nada sério, mas nunca é demais prevenir.

Por coincidência, naquele mesmo dia, encontramos o doutor Wallace no clube e Berta logo marcou um horário com ele. Quando voltou do consultório médico, senti que ela estava bastante nervosa.

– Licco, estou pensando em ir para São Paulo. Quanto antes, melhor – disse.

– O que foi, Berta? Conte!

– O doutor Wallace pediu vários exames. Ele me alertou que esse caroço minúsculo pode ser maligno. A chance é pequena, mas existe. Ainda mais porque minha mãe faleceu de câncer.

– Não vai ser nada disso, mas não podemos dar chance ao azar. Vou comprar as passagens para amanhã. Já sabemos que para os casos mais sérios só temos três bons médicos em Manaus: Varig, Vasp e Transbrasil. Vamos direto para o hospital Albert Einstein.

A biópsia acusou um tumor maligno e Berta logo operou o seio direito e iniciou a quimioterapia. Ela era uma paciente obediente, corajosa e, graças a Deus, nem um pouco depressiva. Vivemos quase um ano entre Manaus e São Paulo, e confesso que enjoei de tanto voar e passar horas no aeroporto. Como Berta recuperou os cabelos rápido e estava se sentindo melhor, resolvemos comemorar o fim do tratamento na nossa fazenda em Maués.

– Que tal se a gente convidar nossos amigos para passar alguns dias conosco? – Berta sugeriu, animada.

– Maravilha, Berta. Podemos convidar David e Oleg. Devo essa viagem a eles. Podemos também convidar Nissim e Maria Luiza, e quem sabe, Saul e Eva Farhi, de Nova York. Nenhum deles conhece a Amazônia. E não podemos esquecer Gary e Maria.

– Onde vamos hospedar tanta gente? Nossa casa é pequena demais.

Foi então que tive uma ideia:

– Podemos alugar um barco que tenha ar-condicionado nos dormitórios e estacioná-lo na praia em frente à casa. Problema resolvido. Temos ainda que convidar os Bentes, de Belém, e Max Haim.

– Tenho uma ideia ainda melhor: que tal se a gente fizer o casamento de Daniel e Rachel na mesma ocasião?

– Pelo amor de Deus, Berta. Como vamos fazer com os outros convidados? Maués fica muito fora de mão.

– Licco, não estou pensando em realizar o casamento em Maués, mas em Manaus, no hotel Tropical, aproveitando os convidados de fora. Depois podemos passar alguns dias em Maués. Já imaginou?

– Você é genial, meu amor! Se Daniel e Rachel concordarem, é isso que vamos fazer!

Fazer festa bonita e animada é especialidade brasileira, afinal somos doutores nessa disciplina. De Israel vieram David, Ester e Oleg. De Madri, só veio Nissim, pois Maria Luiza não estava bem de saúde, tinha medo de voos longos e preferiu ficar. De Nova York, chegou Eva Farhi com o filho mais velho, Leon. De Louisiana veio Maria; de São Paulo, Góran; e de Belém, nossos amigos Moyses e Débora Bentes. Ainda tivemos uma grande surpresa na recepção de Nissim no aeroporto: deparamos com Max Haim, agora de barba. Não esperávamos encontrá-lo, porque poucas semanas antes ele tinha declinado do convite, alegando outros compromissos. Sem a gente saber, Nissim tinha insistido e, no fim das contas, Max resolveu acompanhá-lo.

Horas antes da cerimônia, Sara e Sérgio vieram nos dar a notícia: ela estava esperando neném. Até então, Berta tinha superado o longo martírio da doença sem derramar uma lágrima sequer, mas a felicidade em dose tão alta a derrubou de vez. Chorou sem parar durante um bom tempo, ora se abraçando a mim, ora beijando Sara e Sérgio. A felicidade daquele momento era absoluta e única.

– Shabat no nosso barco! Maravilhoso! – exclamou Max vendo os preparativos. – É difícil imaginar algo assim no meio da selva.

Estávamos instalados com todo o conforto num barco com o sugestivo nome de Umuarama, "lugar sob o sol, onde os amigos se encontram", na língua indígena. No dia seguinte, chegaríamos a Maués, onde Berta estava preparando outra surpresa: um jantar à luz de tochas na praia em frente à nossa casa.

Logo depois do jantar de Shabat no convés, ficamos curtindo a temperatura amena da noite tropical e, entre uma e outra caipirinha, escutando boa música, relembramos o passado. Éramos todos sobreviventes de um tempo cruel e agora tínhamos todas as razões para festejar.

– Se já fui pobre, não me lembro – Berta disse com uma expressão de felicidade.

Era exatamente o que todos nós sentíamos naquele momento mágico. Sabia como ela tinha trabalhado muito para organizar tudo, desde o casamento até aquele fantástico encontro entre amigos.

Berta se levantou e colocou um disco novo na vitrola. O ambiente foi invadido por uma voz feminina um pouco rouca:

– *Where have all the flowers gone...*

– Deus! *Diga onde estão as flores...* Há anos não ouço o alto dramático e sensual da Marlene Dietrich. Ela tornou essa canção popular no mundo inteiro e a transformou em um verdadeiro hino da resistência às guerras cruéis e inúteis! – exclamou Eva Farhi.

– De certa maneira, nós, sobreviventes da Segunda Guerra, ainda estamos procurando essas flores perdidas. Graças a Deus agora, tantos anos depois, as flores começaram a aparecer de novo – concluiu Max.

Permanecemos um longo momento em silêncio, cada um com suas lembranças. Então pedi para Berta escolher uma música mais alegre. Ela colocou um disco de músicas brasileiras.

– É impressionante como a música brasileira é rica em motivos musicais e ritmos. Nos Estados Unidos conhecemos só algumas canções e um pouco de samba. Agora vejo que o samba é apenas um ritmo entre muitos – disse Eva.

– Na Europa também conhecemos pouco da música brasileira, mas acho que logo, logo isso vai mudar – confirmou Max.

No final dos anos 1970 e grande parte dos anos 1980, a música brasileira só era apreciada pela elite. Ela realmente estourou para as massas na virada para a década de 1990, quando atingiu o grande público, da França à Austrália, do Canadá à China. Em sua infinita variedade, é uma das maiores expressões da nossa cultura.

Algo comum entre os judeus, os festejos quase sempre terminam em acaloradas discussões, cada um defendendo com paixão seu ponto de vista. O nosso grupo prometia muito neste aspecto – Nissim era ateu; David era cético; eu, moderado; Moyses, tradicionalista; e Eva, ortodoxa. No Shabat, nada mais normal que a religião fosse o tema para uma boa discussão.

– Licco, sabia que Albert Einstein, que você sempre gosta de citar, era na verdade ateu? – provocou Nissim.

– Não é verdade! – defendi meu ídolo. – Muito pelo contrário, ele insistia que a ciência sem a religião é manca, e que a religião sem ciência é cega.

Então Nissim tirou do bolso um pedaço de papel e leu:

– "A palavra Deus não é para mim nada além da expressão e o produto de fraquezas humanas e a Bíblia é uma coleção de lendas honoráveis, embora primitivas e bastante infantis. Nenhuma interpretação, não importa quão sutil, pode mudar isto."

– Essa declaração faz parte de uma carta de Einstein para um amigo filósofo em 1954. O texto é conhecido como a *Carta de Deus* e representa uma verdadeira relíquia dos pensamentos íntimos daquele grande homem.

Nissim não poderia ter mexido em vespeiro tão bravo. Era evidente que ele tinha se preparado para a discussão e agora puxava a conversa na direção que lhe convinha. Mas Berta logo me socorreu:

– Einstein nunca foi ateu! Apenas questionava os livros sagrados, que muitos ortodoxos entendem como dogma. Ele não aceitava interpretações rígidas e entendia que os textos escritos muitos anos atrás espelham o nível cultural daquela época. Einstein entendia que aqueles que os escreveram tinham suas limitações, e o público-alvo tinha intelecto ainda mais baixo. Para manter o povo sob controle e para protegê-lo das doenças e dos maus hábitos, os sábios necessitavam descrever um Deus misericordioso e adorável, mas autoritário e temível ao mesmo tempo. As restrições alimentares, que fazem parte da nossa religião e que seguimos até hoje, por exemplo, têm muito a ver com higiene.

Indignada, Eva, que era religiosa, mas também cientista e professora na Universidade de Columbia, citou Einstein mais uma vez:

– "Deus é a lei e é o legislador do Universo." Ele não poderia ter sido mais explícito que isto! Também é dele a frase: "acho inconcebível ser um cientista autêntico sem ter uma fé profunda. O sentimento religioso cósmico é a motivação mais forte e mais nobre para a pesquisa científica".

Respirei aliviado. Era justamente aquela frase que tentava lembrar para responder à provocação. Eva era fã incondicional do grande físico e humanista e lia tudo que era publicado sobre ele. Nissim tinha se metido em uma polêmica que nunca iria ganhar.

Então David encerrou a conversa a seu modo:

– Até pode ser que Einstein duvidasse de certos preceitos. Um grande sábio disse, certa vez, que a dúvida é um dos nomes da inteligência. *Shabat shalom* a todos!

Na noite seguinte, sentados na praia em volta de uma grande fogueira, tivemos outra discussão memorável: a situação atual de Israel no mundo. David e Oleg entendiam bem do assunto, mas mesmo eles às vezes defendiam opiniões diferentes.

– Um dia Israel vai ter de aceitar o Estado Palestino – foi Moyses quem deu início à polêmica.

– Logo após a Segunda Guerra, a ONU votou pela formação do Estado de Israel. Ao mesmo tempo recomendou a criação de um Estado para os árabes da região. Naquele tempo, todos eram palestinos, árabes e judeus. Bem, a história é conhecida: os países árabes não aceitaram essa solução e quase destruíram Israel logo nos primeiros dias da sua existência. O problema não é Israel reconhecer o direito deles de existir, mas o contrário, eles reconhecerem o direito de existir de Israel – Berta disse.

– Isso mesmo! A posição de Israel é que tudo deve ser discutido bilateralmente em negociações diretas, olho no olho. Se não reconhecerem Israel como legítimo Estado, nada será feito, e assim não vamos negociar. Como manter diálogo com alguém que quer lhe destruir? – David completou.

Pedi a opinião de Oleg que, como ex-militar da ativa, sabia mais que nós todos sobre o posicionamento oficial do Estado de Israel.

– Hoje é consenso no governo que a Palestina um dia vai existir – disse categórico. – Rabin e Peres estão prontos para negociar com Arafat. A dúvida é se Arafat fala pelos palestinos ou não. Se Israel não for oficialmente reconhecido pelos palestinos e pelos países árabes, não haverá diálogo nem paz. Pode levar 20, 30 ou 50 anos para concluir as negociações, mas acredito que no final o bom senso vai prevalecer – ponderou Oleg. – Nesse meio tempo, ainda haverá alguns conflitos, e Israel tem de ganhar todas as batalhas e todas as guerras. Sabemos que se perdermos uma só, seremos varridos do mapa. A opinião do resto do mundo não considera esse fato e até algumas nações amigas pressionam para que a gente negocie uma paz insegura. Porém, se der errado, vão apresentar suas condolências a não sei quem, porque nós não vamos mais estar vivos. É simples: não vamos ceder nesse ponto.

– Se os palestinos baixarem as armas, haverá negociações e um dia vamos chegar à paz. Se Israel baixar as armas, na mesma hora vai acontecer o maior holocausto da era moderna, e Israel será varrido do mapa. Essa destruição é a razão de ser de várias organizações e governos – indignou-se Max. – Nenhum país do mundo negociaria com seu inimigo nessas condições. É lamentável que mesmo alguns países amigos, cheios de boa vontade, mas sem conhecimento de causa nem percepção clara do perigo, insistam que precisamos confiar mais em nossos adversários, mesmo sem garantias. É que não é a pele deles que corre risco – concluiu.

Durante a viagem de volta a Manaus, tivemos outro jantar a bordo do Umuarama e, como era de se esperar, outra discussão. A verdade é que só os assuntos mudavam, mas a paixão com que eram discutidos era a mesma de sempre. E daquela vez, o tema era a grande pressão internacional exercida sobre o Brasil, que não conseguia conter as queimadas de vastas regiões na Amazônia. Nos estados do Pará e Rondônia e no território do Acre, a agropecuária avançava a passos largos sobre a floresta. O método tradicional para limpar grandes áreas para receber novos rebanhos era a queimada selvagem. Novas tecnologias, que incluíam imagens de satélite, não deixavam dúvidas: a grande floresta estava sendo agredida de forma brutal. A reação internacional, embora fundamentada, era ao mesmo tempo bastante exagerada. Parecia que o Brasil, e não os países mais industrializados, era o maior responsável pelo aquecimento global.

No começo, Berta e eu ficamos acuados, na defensiva, mas até para nossa surpresa, a argumentação se revelou mais fácil do que parecia. Esperta como sempre, ela lançou a pergunta certa:

– Quantas queimadas vocês presenciaram nesta nossa viagem? Nenhuma! Zero! O único fogo que viram foi o do churrasco na praia. Sem dúvida, temos um problema sério em outras regiões, mas o estrago causado pelas nações desenvolvidas é muito maior. No estado do Amazonas, onde fica a maior parte da floresta Amazônica, não há queimadas grandes. E no resto do país a fiscalização está aumentando e ficando cada vez mais efetiva.

Então David fez uma pergunta que não sabíamos responder:

– Quantos guardas florestais atuam na Amazônia? Sem guardas florestais bem preparados e um bom serviço de inteligência, a preservação fica difícil mesmo. Há pouco tempo li que a pequena Finlândia tem mais guardas florestais que o Brasil inteiro. Os caboclos espalhados pelo enorme território amazônico poderiam muito bem exercer essa função. Seria uma chance de criar empregos no interior em troca desse serviço tão importante.

– Não é tão simples assim – tentei ponderar, mas como não tinha mais argumentos, mudei o assunto da conversa.

Apesar das discussões, os dias que passamos em Maués foram uma verdadeira delícia. Manoel, o caseiro, e Jacira, a esposa dele, se desdobraram para que não faltasse nada. Nosso amigo Zanoni também ajudou como podia: providenciou uma variedade de peixes – tambaquis e pirarucus – para as refeições, e usamos as canoas dele para pescar tucunarés nos lagos mais próximos. Por anos a fio os participantes daquele passeio memorável lembraram e contaram as maravilhas de Maués para seus familiares. David e, sobretudo Oleg, que pouco tempo depois veio morar na Amazônia, voltaram outras vezes a Manaus e, acompanhados de amigos, fomos de novo a Maués. Mas não consegui juntar tantas pessoas queridas de novo, e nenhum encontro, por melhor que fosse, conseguiu se comparar àqueles dias mágicos.

No último dia do passeio, horas antes de avistar Manaus, Oleg veio falar conosco. Em búlgaro, ele perguntou:

– Tia Berta e tio Licco, o convite para vir morar no Brasil, que vocês me fizeram dez anos atrás em Viena, ainda está de pé?

– Mas é claro! – respondi. – Assim seu pai também vai vir nos visitar mais vezes. Não faltará coisa para fazer por aqui. Nossos filhos vão adorar! Você é muito bem-vindo!

Levou quase um ano para conseguir o visto de permanência para Oleg. O Brasil não é exatamente um país receptivo a novos imigrantes, mesmo armados de excelentes credenciais e contratos de trabalho. Como de costume, nada que um bom despachante em Brasília não conseguisse resolver.

Berta ainda conheceu suas duas primeiras netas, a pequena Berta, filha de Sara, e Ilana, filha de Daniel. Apenas alguns meses após o casamento, em um dos exames de rotina, os médicos detectaram outro nódulo, daquela vez no seio esquerdo. Foi como se o mundo de repente desabasse sobre nós. O calvário recomeçou.

Lutamos com todos os meios e Berta continuou muito forte espiritualmente, até que no início de 1985 os médicos do hospital me chamaram e me contaram aquilo que eu mais temia: a doença estava vencendo, e Berta teria apenas meses de vida. Era difícil de acreditar, porque ela, embora mais fraca por causa do tratamento, levava uma vida quase normal. Ainda visitávamos com frequência os amigos e nossa casa vivia cheia deles. Ela tinha parado de jogar tênis já havia algum tempo, e eu sabia que isso a deixava triste e desanimada. Se tinha dores, nunca deixou transparecer e nunca se queixou de nada. Ainda trabalhava todos os dias e continuava sendo a mulher prática de sempre. Com uma frieza impressionante e apesar das nossas reclamações, tratou de passar suas participações acionárias para nossos filhos e os imóveis para mim. Mesmo doente, Berta continuava me impressionando: contratou Terezinha, uma nova cozinheira para nossa casa, e senti que ela estava preocupada com a administração da casa quando não estivesse mais conosco.

– Licco, meu amor, gostaria muito que você me ajudasse a manter vivo em Daniel e Sara o interesse pela Bulgária. Eles falam alguma coisa de búlgaro, mas são quase analfabetos – disse com sorriso nos lábios. – Não devemos nos esquecer de que foi a Bulgária que nos salvou quarenta anos atrás. Nossos ancestrais viveram e foram felizes naquela terra por quinhentos anos e é onde estão as sepulturas de um monte de Michael e Hazan. Temos ainda inúmeros amigos que vivem lá. Gostaria muito que nossos filhos e netos preservassem esse vínculo tão importante na nossa vida.

Senti que aquilo era de grande relevância para ela, e concordei com tudo. E foi uma das razões que me convenceram a escrever este relato.

Naqueles meses nos mantivemos fortes. Não podíamos fraquejar agora que Sara cuidava da pequena Berta e Raquel esperava seu primeiro filho. O mundo continuava a girar, e estávamos nele apenas de passagem.

Embora fosse evidente que Berta estivesse preparando tudo para depois dela, nunca falamos em morte.

Na véspera do nosso quadragésimo segundo aniversário de casamento, no início de dezembro de 1985, nasceu a pequena Ilana. No dia seguinte, escrevi as boas novas para David. Berta, sentada em sua poltrona preferida, lendo um romance do seu autor favorito na época, James A. Michener, disse:

– Licco, querido, o ar-condicionado está direto nas suas costas. Vai pegar um resfriado.

Mudei de posição e continuei a escrever. Quando, pouco depois, me virei para ela, vi o livro caído no seu colo e percebi que minha Berta não estava mais comigo.

Passaram-se anos para eu me conformar com a ausência dela. Para mim, ela era uma extensão do meu corpo. Desde Istambul, nunca tínhamos nos separado nem por poucos dias. Aquela mesma dor que senti quando soube da morte do Salvator, só que ainda mais intensa, atormentou-me por muito, muito tempo. Aos poucos comecei a me desligar dos negócios e passei quase todas as minhas participações societárias para Sara e Daniel. Ainda sentia meu corpo forte, mas a perda de Berta me deixou vulnerável e deprimido. Tentei achar algum refúgio nas viagens, dei voltas ao mundo, fui à Índia e ao Nepal, depois à África do Sul e ao Quênia, conheci grande parte da América do Sul e do Norte. Levava uma vida confortável, mas solitária.

A Amazon Flower exportava pau-rosa e copaíba, mas o negócio começou a sofrer com as novas restrições impostas pelo Ibama, que visavam preservar as espécies ameaçadas de extinção. O pau-rosa tinha começado a escassear nos últimos anos, e a preocupação dos ambientalistas era legítima. Naquelas circunstâncias, em 1989, Zanoni iniciou a primeira plantação de pau-rosa. Ele tinha recebido essa recomendação do seu amigo e cliente Samuel Benchimol, que sugeriu plantar pau-rosa em vez de seringueira, que dava muita praga, tanto que até então ninguém na Amazônia tinha conseguido plantar seringueiras com sucesso comercial. Valeria a pena experimentar a plantação de pau-rosa.

Logo depois de Zanoni, também iniciei a minha pequena plantação. Não era fácil arranjar sementes e providenciar mudas, mas, para nossa sorte, uma comunidade de caboclos do rio Paracuni aceitou nos ajudar. Eles já tinham tentado de tudo para conseguir uma atividade econômica que garantisse uma renda estável para a pequena comunidade. Com o gradativo fim do extrativismo e desesperados por trabalho, por algum tempo os caboclos tinham até colaborado com traficantes de drogas que mantinham plantações de maconha escondidas no meio da floresta. As plantações acabaram descobertas e, como consequência, o líder comunitário ficou preso alguns dias na polícia de Maués. Como a participação da comunidade na atividade criminosa não foi comprovada, ele foi liberado e procurou seu conhecido Zanoni Magaldi, cliente antigo de bálsamo de copaíba. Quando Zanoni descobriu que os caboclos podiam providenciar algumas sementes e até mudas prontas, ele se apressou em sugerir sociedade.

Assim, nossas plantações ganharam um impulso significativo, a pequena comunidade arranjou uma atividade lícita e os próprios caboclos plantaram algumas centenas de árvores nas terras deles na beira do Paracuni. No primeiro ano, Zanoni conseguiu plantar quatrocentas árvores, e eu, quase cem. Nos anos seguintes as plantações cresceram bastante, e começamos a acreditar que um dia aquela atividade, ainda meio improvisada, renderia bons frutos.

Até que fui procurado por um cientista da Universidade de Campinas, o professor Lauro Barata, conhecido estudioso do óleo essencial de pau-rosa. Ele ficou algumas semanas em Maués e expôs uma ideia genial: não cortar as árvores plantadas, apenas podá-las e produzir óleo dos galhos e folhas. O trabalho do professor foi fundamental para a melhoria dos nossos procedimentos: aperfeiçoamos a seleção de sementes, encontramos a distância ideal entre as árvores plantadas e conseguimos realizar a destilação com mais eficiência. Para mim, esse novo trabalho, apesar de nada rentável, foi um achado. Finalmente, após a morte de Berta, tinha encontrado uma ocupação prazerosa, que me fazia feliz.

Na mesma época, após aprender português com grande facilidade e assumir a gerência do departamento de vendas da Berimex para os garimpos do rio Madeira, em Rondônia, Oleg resolveu se tornar garimpeiro ele mesmo. Para meu horror, ele ficou contaminado pelo fascínio do vil metal como tantos outros que conheci. Com o dinheiro que tinha economizado, tornou-se proprietário de uma draga escariante em um dos garimpos mais promissores da região, mas também um dos mais perigosos. Tentei de todo jeito persuadi-lo a abandonar esse ofício tão aventureiro, mas, assim como o pai, ele era teimoso!

Por sorte, Oleg se manteve íntegro e sóbrio durante os dois anos que passou nesse mundo estranho, onde havia pessoas dos mais variados tipos, algumas de bons princípios e fraternos amigos e outras que fazem parte da pior escória do nosso mundo. Temendo o pior, sentia-me culpado por tê-lo apresentado aos garimpos, por isso fui visitá-lo várias vezes. Por volta de 1988, na fofoca circularam muitos homens, muito ouro, doenças, morte, violência, drogas e prostitutas. No meio desse caos, convivi com algumas das pessoas mais doces e honestas que encontrei na vida, mas também, em pânico, assisti ao afundamento trágico de centenas de vidas e sonhos nas águas barrentas e revoltas do rio Madeira. Eu, que conheci a guerra, a destruição, os campos de trabalho forçado e a desgraça humana, sofri muito vendo Oleg, por vontade própria, arriscar sua jovem vida naquele ambiente assustador.

Só recentemente me contaram da tal da Guerra da Prainha, quando algumas dragas, inclusive a de Oleg, após alguns dias bem produtivos, foram sitiadas às escondidas durante o dia, em preparação para o que deveria ser um ataque surpresa de pistoleiros de aluguel à noite. Por sorte, Oleg reparou o movimento de canoas com gente estranha, que ocupavam locais estratégicos em volta das dragas como se fosse por acaso. Percebendo que se tratava de uma cilada e usando seus conhecimentos e a experiência adquirida no Exército israelense, Oleg comandou um contra-ataque fulminante, o que lhe trouxe muito respeito e admiração por parte da maioria dos garimpeiros. Ainda bem que naquela época não soube nada sobre esse episódio!

Em uma visita corriqueira a Porto Velho, capital de Rondônia, Oleg conheceu Alice, uma menina franzina de origem judaica, que trabalhava na administração do novo estado. Havia nascido nos seringais do rio Abunã, na fronteira com a Bolívia, onde o seu avô tinha sido seringalista na época da borracha. A história de sua família era uma daquelas odisseias incríveis da ocupação da Amazônia, que rivalizam com a fantasia e desafiam a imaginação. Os pais e o único irmão morreram vítimas da febre amarela, endêmica daquela região, quando ela ainda era muito nova. Sozinha no mundo, Alice teve a sorte de ter sido entregue por uma vizinha à esposa do lendário coronel Jorge Teixeira, primeiro governador de Rondônia, que a abrigou, protegeu e ajudou até o término do Ensino Médio.

Nos primeiros anos do estado de Rondônia, havia necessidade de todo o tipo de servidores, e foi assim que, terminada a escola, Alice se tornou funcionária da mais nova unidade da Federação. Quando Oleg a conheceu, Alice era uma jovem resoluta e com uma clara ideia de tudo que almejava na vida. Embora frágil, era espiritualmente forte, muito bonita e alegre por natureza, assim como Berta tinha sido na juventude. Aquilo que nem eu nem meu irmão David conseguimos – convencer Oleg a largar o garimpo – foi atendido em nome do amor daquela menina encantadora. Oleg a queria de qualquer jeito e não podia se permitir o luxo de perdê-la. Alice também amava Oleg, mas o queria longe da insegurança e da violência do garimpo. Assim, a draga foi vendida e ainda sobrou um pouco de ouro, suficiente para o feliz casal iniciar a vida na cidade de Porto Velho, onde se abriam novos horizontes para quem quisesse trabalhar.

Mesmo passados tantos anos, insisti que Oleg contasse sua história, a de Rondônia e a dos garimpos do rio Madeira, que ele conheceu tão bem. Sei que ele tem o dom de escrever e ainda tenho esperança de que essa memória não se perca no tempo.

Nosso novo mundo

Tempora mutantur et nos cum illis.
(Os tempos mudam, e nós mudamos com eles.)

O final dos anos 1980 foi bastante tumultuado no Leste Europeu com a convulsão do colosso soviético. O secretário-geral e último líder da URSS, Mikhail Gorbachev, ainda tentou modernizar o modelo soviético com a introdução da Glasnost e da Perestroika, mas não teve jeito. O modelo econômico comunista, após décadas de práticas temerárias, estava exaurido e, em consequência disso, aconteceu o inacreditável: o colapso geral.

Como todos, também fui surpreendido pelos acontecimentos. Olhando para trás, entendo que os sinais da decadência estavam presentes desde muito antes, sobretudo nas últimas décadas do regime, só que ninguém conseguia enxergá-los e interpretá-los direito.

A União Soviética não foi derrotada pelos canhões ou mísseis ocidentais: ela desmoronou pressionada pelo desastre econômico. Além disso, o poderoso império foi bombardeado por canhões de outro tipo, desconhecidos até então: pela música descontraída e inovadora de Elvis Presley e dos Beatles, por Hollywood e seus filmes, pelo desenho industrial e tecnologia avançada dos automóveis, pelo glamour dos estilistas arrojados e criativos, pelos irresistíveis bens de consumo, pela liberdade de expressão e de ir e vir, enfim, pelas boas coisas da vida. O Exército Vermelho, a KGB, o Politburo do Partido Comunista, o Muro de Berlim: nada poderia resistir a tamanha sedução.

No Brasil, em 1985, por fim acabava a ditadura militar. A transição foi pacífica, mas nem por isso foi menos traumática. O destino se encarregou de tornar o processo ainda mais penoso com a morte inesperada de Tancredo Neves, o primeiro presidente civil depois de mais de vinte anos de regime autoritário. As instituições democráticas, no começo bastante frágeis, pouco a pouco ganharam força. Mesmo renovada, a vida política continuava inquieta e marcada por fortes resquícios dos vícios do passado. A nova Constituição de 1988 era um grande avanço, a despeito de algumas distorções, como o tabelamento de juros e outras determinações, mais próprias para exercícios de pensamento positivo que para a lei maior da nação.

A vida política brasileira continuava caracterizada pela ausência de substância, pelas muitas promessas e fogos de artifício, além da corrupção endêmica. Apesar de tudo, aos trancos e barrancos, nosso país estava avançando, e nós com ele. Mesmo vivendo em uma sociedade imperfeita e cheia de vícios, continuávamos otimistas. Embalado pelas vitórias de Ayrton Senna e pelos novos triunfos no futebol, o Brasil prometia ser melhor no futuro. Uma pena que Berta não tenha chegado a ver a queda do Muro de Berlim nem a volta do Brasil à democracia.

Em 1990, conseguimos plantar muito mais árvores de pau-rosa que no ano anterior, por isso passei uma longa temporada em Maués. Aproveitei a oportunidade para dar férias ao caseiro Manoel, que tinha trabalhado pesado na plantação e ainda teria muito trabalho com as árvores jovens. Por insistência de Berta, tínhamos construído uma pequena, mas confortável casa de alvenaria para os caseiros atrás da construção principal. Assim, eles ficavam perto da gente, mas de forma que todos tivéssemos nossa privacidade preservada.

Como o sonho de Manoel era conhecer Fortaleza, cidade natal do pai dele, onde ainda viviam alguns primos, resolvi dar um prêmio para toda a família. Paguei as passagens dele, da esposa e das duas filhas, e eles partiram em sua primeira viagem de avião. Uma vez no Ceará, a família foi levada por um primo a Morro Branco, praia não muito distante de Fortaleza. Passaram o dia tomando banho de mar, comeram caranguejos e peixes fritos na praia, tomaram umas e outras cervejas e, no fim do dia, voltaram para Fortaleza. Na estrada estreita, o primo deve ter dormido ao volante e, sem aparente razão e em alta velocidade, bateu sua velha Veraneio contra um ônibus, bem de frente. O resultado tinha sido devastador: todos os passageiros morreram na hora e apenas Laura, a filha mais velha, por milagre, se salvou, apenas com pequenas escoriações. A menina, com apenas 19 anos, continuou em estado de choque por vários dias enquanto tratávamos de transportar os corpos de Fortaleza para Maués e organizávamos o enterro. O trauma foi enorme para todos.

Passados os primeiros dias, meio sem jeito, comecei a procurar um novo caseiro e, quando combinei com um dos caboclos que tinha ajudado Manoel em várias ocasiões e conhecia o serviço, Laura veio conversar comigo:

– Tio Licco, eu sei que tenho que liberar a casa para o novo caseiro. Começo a trabalhar como professora primária numa escola municipal no início do próximo ano letivo. Meus pais, que Deus os tenha, não deixaram nada e agora ainda não tenho como alugar um lugar para mim. Não sei o que fazer, tio.

A voz dela ficou embargada, e eu imaginei a dor daquela menina.

– Laura, não tenho pressa. Pode liberar a casa para o novo caseiro e fique pelo tempo que precisar em um dos quartos da casa principal. Semana que vem viajo a Manaus e depois à Europa, e você pode tomar conta da casa até a minha volta. Teus pais sempre foram muito leais conosco, e eu lhes sou muito grato. Você é quase uma filha!

Senti que ela respirou aliviada. A pobre menina estava sozinha no mundo, ainda muito machucada pela prematura morte dos pais e da irmã. De minha parte, iria cooperar em tudo que pudesse.

Daquela vez fui para a Bulgária junto com David, mas antes fui visitá-lo em Israel e fiquei maravilhado com o rápido desenvolvimento daquele país. Era evidente a grande diferença em relação aos países vizinhos. Em Israel, o verde se estendia até a fronteira. Do outro lado, predominavam as cores do deserto estéril e era raro ver alguma plantação.

– Estamos crescendo e nos desenvolvendo muito rápido – disse David orgulhoso.

– Estou vendo. Crescer é ficar maior e se desenvolver é ficar melhor. Aqui dá para sentir as duas coisas. Parabéns!

David acabara de receber a notícia de que tinha sido reabilitado pelo novo governo búlgaro e recebera pedido formal de desculpas pelo erro judicial. O amigo dele, Nikolai Chernev, que eu tinha conhecido na Cidade do México vinte anos antes, tinha entrado em contato e estaria nos esperando em Sofia.

Passamos três semanas na Bulgária, alugamos um automóvel e demos uma volta completa pelo país. Não poderíamos deixar de visitar Somovit, onde eu tinha passado quase dois anos no campo de trabalhos forçados. Não foi nada fácil localizar a área onde ficava nosso barracão, porque tudo tinha mudado. A estrada que nos obrigavam a construir na verdade nunca ficou pronta, e o barracão não existia mais. Visitamos algumas famílias moradoras daquela região, mas ninguém se lembrava de quase nada relacionado ao campo de trabalhos forçados. A memória tinha se apagado tanto que eles nem conseguiam entender a excitação daqueles dois visitantes velhos e curiosos que tinham aparecido sabe-se lá de onde.

De volta a Sofia, ainda procuramos os descendentes do senhor Denev, aquele que fora o homem de confiança de Albert Göering e que tinha ajudado Berta, Nissim e eu a fugir da Bulgária em 1943. Tivemos sorte de achar um dos seus filhos, que tentava estabelecer um pequeno negócio de importação com a recente abertura de mercado. Ficamos surpresos ao ver que ele sabia sobre os acontecimentos de cinquenta anos antes e das atividades clandestinas de seu pai com Albert Göering.

Como o senhor Denev tinha mantido extrema discrição, não localizamos mais ninguém que tivesse conhecimento desses fatos. Fomos informados de que ele faleceu no anonimato em 1970 e que seu outro filho, dissidente político, conseguiu fugir para o Ocidente logo depois da morte do pai. Fiquei feliz por ter encontrado pelo menos uma pessoa a quem poderia demonstrar a minha gratidão, antes que o tempo apagasse as últimas lembranças.

Emocionei-me quando fomos jantar com Nikolai Chernev. Eu só o conhecia daqueles breves minutos em um quarto de hotel no México. Com a queda do governo comunista, ele tinha perdido status; estava aposentado, mas feliz.

– Não aguentava mais o eterno fingimento e as mentiras. Na juventude, fui idealista, assim como David – ele continuou. – Tinha ódio dos hitleristas e dos seus lacaios búlgaros. Estava disposto a morrer pelos meus ideais. Depois as coisas mudaram. Quando conheci Licco no México, já tinha esposa e filhos e, confesso, era muito menos valente.

– Nem um pouco valente! – eu o corrigi, brincando, e ele concordou.

Foi Nikolai Chernev quem nos alertou que poderíamos pedir uma cópia dos nossos dossiês dos tempos da ditadura comunista. Também chamou a nossa atenção para o fato de que David encontraria alguns documentos que nem suspeitava que existissem. Era comum que vizinhos, amigos e colegas tivessem sido delatores e caluniadores só para ganhar a benevolência de algum membro do partido e não serem perseguidos pelas forças de segurança. Eu não quis, mas David insistiu em pedir seu dossiê e, quando o conseguimos, passou o dia lendo no quarto do hotel. Quando o encontrei mais tarde, no jantar, reparei que não estava bem.

– O que foi desta vez, mano? Já sabe quem foi seu anjo da guarda que escrevia relatórios a seu respeito para os órgãos de segurança? – perguntei preocupado.

David me fitou nos olhos com aquele olhar triste, igual ao do nosso pai, e disse com voz rouca:

– No último ano do nosso casamento, até Irina. Nem vou falar para Oleg.

Na volta, passei dois dias em Grasse visitando meus clientes de pau-rosa. Todos estavam preocupados, porque os volumes tinham caído muito com o Ibama autorizando cada vez menos a extração. Expliquei que a exploração de árvores silvestres não poderia continuar como antes, mas ainda teria alguma produção, mesmo que cada vez menor. A alternativa era o óleo de galhos e folhas das poucas plantações que existiam. Vários fabricantes declararam abertamente que tirariam nosso produto das fórmulas se a oferta não melhorasse.

Era verdade que nos últimos tempos não conseguíamos garantir produção suficiente para manter o suprimento regular. A produção de óleo feito dos galhos e folhas ainda era pequena, mas com uma boa organização e incentivo adequado poderia crescer bastante. Precisávamos sensibilizar nossas autoridades e procurar o apoio delas para todos aqueles que se interessassem em plantar. Os fabricantes na Europa, nos EUA e no Japão queriam nosso produto – restava planejar e organizar uma produção sustentável. Em poucos anos, poderíamos colher bons resultados, abastecer o mercado mundial e criar mais vagas de trabalho para nossos caboclos.

Voltei otimista, mas por infelicidade isso não durou muito. Logo descobri que os entraves burocráticos, agora travestidos de cuidados ecológicos, não levavam em conta qualquer atividade produtiva. Muitos órgãos que carregam a palavra "sustentabilidade" no nome ou nos seus estatutos na verdade pouco se importam com atividades econômicas. Aqueles que queriam exercê-las precisavam de distintas licenças ambientais dos mais variados órgãos federais, estaduais e municipais, do Ministério da Cultura e Agricultura e só Deus sabe de quem mais, que, como rivalizam entre si, muitas vezes exigem coisas conflitantes.

Assim como na área tributária, o mais importante na esfera ambiental parece ser a necessidade de simplificação e bom senso. Os caboclos do rio Paracuni, que em 1990 plantaram pau-rosa em vez de maconha, que o digam: para podar as árvores plantadas e produzir óleo, eles precisariam apresentar um projeto que, entre outros detalhes, exige o título de propriedade das terras. Como o caboclo não tem acesso a cartórios, e tal título raramente existe no remoto interior do estado do Amazonas, as árvores ficam sem poda; os caboclos, sem trabalho; e os falsos ecologistas, com sensação de dever cumprido.

A última arapuca armada por eles se chama Área de Preservação Permanente (APP), que inclui todas as áreas à beira dos rios, lugar em que vivem e atuam os caboclos. As APPs, da maneira como foram concebidas em 2012, devem fazer sentido em algum outro lugar, mas não na Amazônia, onde não é fácil encontrar áreas que não estejam perto de algum curso de água. Qualquer atividade econômica nesse espaço estonteante precisa de prévia autorização de algum burocrata sentado em um gabinete refrigerado distante várias horas de avião. No papel até parece bonito, mas na prática a aplicação pouco racional, ainda que bem intencionada, desse conceito é um tremendo estímulo para plantar maconha, que, por razões óbvias, é cultivada bem longe das visíveis beiras de rios. Haja sustentabilidade!

A plantação

De volta a Maués continuei com meus esforços na plantação de pau-rosa. Junto com Zanoni e Lauro Barata fiz várias experiências satisfatórias, podando nossas árvores de diferentes maneiras. Constatamos que cada árvore plantada ficava pronta para poda em quatro ou cinco anos, e que a rebrota era muito vigorosa. Tudo indicava que o negócio era viável. Tínhamos um longo caminho pela frente, mas estávamos seguindo na direção correta.

Laura já trabalhava numa escola do município e poderia pagar aluguel, mas sugeri que continuasse na fazenda. A fazenda ficava bem próximo à cidade e, de bicicleta, era questão de poucos minutos até a escola. Nosso trato foi que, em vez de pagar aluguel, ela tomaria conta da casa e cozinharia quando eu estivesse em Maués. Era um bom negócio para ambos.

Eu passava os dias no viveiro preparando novas mudas e quase não tinha oportunidade de falar com os poucos ajudantes que tinha. À noite conversava um pouco com Laura, ela contava o dia dela, e eu, o meu; depois ela preparava suas aulas, e eu lia meus livros ou assistia à televisão. Assim fui me acostumando à presença dela a ponto de me sentir muito só na minha casa de Manaus. A necessidade de criar mais mudas e plantar mais era só uma desculpa para passar mais tempo em Maués, mas logo me dei conta de que gostava mesmo era da presença da Laura e das nossas conversas durante o jantar.

Confesso que cheguei a imaginar que se fosse vinte anos mais jovem, iria me interessar por outras coisas além das conversas com aquela menina bonita. Eram os pensamentos de um homem de 71 anos, que de jeito nenhum queria ser desrespeitoso com uma mulher cinquenta anos mais jovem, da qual poderia ser avô.

Assim passou mais um ano de muito trabalho e, no final de 1991, contei 1.500 árvores plantadas. Não era muito, mas era um bom começo. Ainda se produzia alguma coisa de pau-rosa de madeira cortada na floresta, mas obter as licenças necessárias era cada vez mais difícil. Havia muita gente desonesta nesse negócio e por essa razão a fiscalização tinha de ser bastante intensa. Por outro lado, o custo de fiscalizar os planos de manejo florestal era muito alto para os minguados orçamentos dos órgãos governamentais. Então era mais viável simplesmente proibir.

Em maio de 1992 amanheci com todos os sintomas de malária. Era a segunda vez que contraía a doença e conhecia bem o sofrimento que me esperava. Só que daquela vez os sintomas foram muito mais fortes. Enorme dor de cabeça, febre de 40 graus, náuseas e calafrios no fim da tarde: esses eu já conhecia, mas vieram também tremores convulsivos, seguidos de ondas de calor e suor incontrolável. De vez em quando, perdia a consciência ou entrava em um transe em que apareciam imagens confusas da minha juventude, do campo de trabalho em Somovit e até delírios com meu amigo Salvator a bordo do fatídico Jamaique, onde ele nunca esteve na realidade. Naqueles tempos em Maués havia poucos médicos, mas todos entendiam muito de malária.

– Malária muito forte, mas benigna, graças a Deus – sentenciou o jovem médico que me atendeu.

Prescreveu quinina e alguns outros remédios. Tomou amostra de sangue para análise, recomendou repouso absoluto e eu o ouvi pedir para Laura que o avisasse se o pai dela não melhorasse em três dias. Mesmo naquele estado deplorável, achei engraçado.

Aqueles que nunca tiveram malária vão ter dificuldade de entender o que eu sentia. Pior do que o frio inacreditável eram os tremores, que causavam dores no peito e pareciam nunca terminar. Por mais cobertores que Laura colocasse sobre mim, o frio não cedia. Eu batia o queixo até a exaustão e voltava a delirar.

Quando acordei de madrugada vi Laura dormindo sentada numa cadeira ao lado da minha cama. Fiquei observando o rosto relaxado em sono profundo e senti um grande carinho por aquela menina tão dedicada. Era inegável que ela tinha algum sangue índio, daí os olhos castanhos levemente puxados e os cabelos negros, compridos e lisos.

"Essas misturas raciais sempre produzem tipos físicos bonitos", pensei.

Naquele momento ela acordou e quando viu que estava olhando para ela sorriu:

– Puxa! Parecia que esta noite nunca iria acabar! Agora que os remédios estão fazendo efeito, o perigo passou.

Foi quando percebi que estava vestindo um pijama diferente do que havia colocado na noite anterior.

"Meu Deus! Ela deve ter me trocado esta noite!", pensei incrédulo. Nunca imaginei que um dia passaria tanta vergonha!

Ficou claro que Laura havia adivinhado meus pensamentos:

– Você estava encharcado de suor. Não tinha outro jeito!

Passei o dia me sentindo melhor, embora muito fraco, só que mais tarde começou tudo de novo. Febre alta, náuseas, convulsões, frio, tremores e delírios – um inferno. Quando voltei a mim no meio da noite, senti um aroma feminino, delicioso e inconfundível. Prendi a respiração quando vi que Laura estava dormindo abraçada ao meu corpo, parecia que queria me proteger daquele frio sem fim. Fiquei imóvel um bom tempo para não interromper aquela visão tão especial e, surpreso, tive sensações que há tempos não experimentava. "A vida é tão injusta, tira as forças, mas a vontade continua", pensei, mas, de tão cansado que estava, dormi de novo. Quando acordei, ela ainda estava deitada ao lado, só que agora em cima do cobertor.

– Desculpa, não quis deixá-lo sozinho e dormi um pouco aqui mesmo.

– Não precisa se desculpar, Laura. Na verdade, eu é que tenho que pedir desculpas por não permitir que você durma sossegada. Pelo menos esta noite você não teve que trocar meu pijama – disse envergonhado.

– Você suou menos, mas mesmo assim achei que teve pesadelos.

Durante o dia seguinte, a história se repetiu: após algumas horas de normalidade, a febre voltou na mesma hora de sempre e com ela todas as outras mazelas. Os sintomas eram mais fracos, não tive delírios e acordei no meio da noite com a respiração rítmica da Laura no meu ouvido. A febre tinha passado; senti uma paz estranha tomar conta de mim e ainda sonolento me virei para o lado dela e voltei a dormir. Acordei com os primeiros raios de sol e vi seu rosto bem próximo ao meu. Ela me observava sem se mexer e, quando viu que eu estava acordado, sorriu e disse:

– Estava dormindo tão bonito! Acho que está melhorando bem. Logo, logo vai voltar a trabalhar.

Passei o dia bastante confuso. Era verdade que não tinha relações com uma mulher há muito tempo e que as últimas duas noites tinham me deixado com uma sensação estranha de felicidade. O que estaria acontecendo? Será que a proximidade física com Laura era uma coisa sem importância ou tinha mais coisas por trás? Como era possível que uma mulher de 20 anos sentisse alguma atração por um homem velho como eu? No meu íntimo, sentia que os acontecimentos estavam tomando um rumo perigoso e que deveria ter muito cuidado. "Fazer besteira aos 20 anos é uma coisa, mas aos 70 é inconcebível", pensei. Eu tinha responsabilidades tanto com a Laura quanto com a minha família.

A terceira noite foi muito melhor, a febre veio, mas não os tremores; dormi bem e senti Laura se deitar ao meu lado, de novo em cima do cobertor. Passamos uma noite tranquila e de manhã, quando acordei, ela não estava mais no quarto. Durante o dia o médico veio me visitar, gostou do que viu e recomendou cuidados por mais uma semana. Não estava todo curado, mas já podia sair de casa e supervisionar os trabalhos na fazenda. Eu não tinha avisado meus filhos sobre a malária, até porque eles não poderiam ajudar em nada, só ficariam muito preocupados. Fora de perigo, fui ao correio e telefonei para Sara. A reação dela foi a que eu esperava:

– Papai, venha logo para Manaus. No hospital Alfredo da Mata trabalham os melhores especialistas em malária do Brasil e, na sua idade, não se pode bobear. As sequelas podem ser muito sérias. Você não é nenhuma criança!

Isso eu sabia, mas não precisava ser lembrado daquela maneira. Prometi que voltaria logo para casa e retornei à fazenda antes da hora da febre. À noite contei a Laura que tinha falado com minha filha, e ela falou sem constrangimento:

– Logo seus filhos vêm buscá-lo. Vou sentir sua falta.

De fato, Daniel veio no dia seguinte com um pequeno avião bimotor alugado. Juntei minhas coisas e fui me despedir da Laura.

– Boa sorte, tio. Vou esperá-lo na sua próxima visita.

Não sei por que dessa vez ela insistiu no *tio*. Agradeci tudo o que tinha feito e respondi com um largo sorriso:

– Já estou bem e preciso me apresentar à minha família.

Passados poucos dias, Laura telefonou de Maués para saber da minha saúde e conversamos um pouco.

– Você volta a Maués? – ela perguntou.

– Mas é claro. Acho que daqui a uma semana ou, no máximo, dez dias posso voltar às minhas atividades.

Mais alguns dias e ela telefonou de novo:

– Viajo amanhã – contei todo feliz.

– Graças a Deus!

Quando desliguei não sabia mais o que pensar. Seria possível que aos 72 anos estivesse namoricando pelo telefone? E com uma garota de 21!

Laura e o outono

Do aeroporto fui direto à casa de Zanoni Magaldi para saber das últimas novidades. Juntos, visitamos a fazenda dele e depois a minha, que ficava ao lado. Podíamos nos orgulhar: mais alguns anos e a destilação só de folhas e galhos seria realidade.

À noite, Laura demorou a chegar e, quando parou sua bicicleta, estava lotada de sacolas de supermercado.

– Hoje vamos festejar – disse. – Estou muito feliz que você voltou. Trouxe até uma garrafa de vinho.

– Também estou feliz por estar de volta. Pena que não posso beber vinho, depois da malária meu fígado ainda exige cuidados.

– Mas eu posso! – riu Laura. – Vou preparar o jantar.

Batemos um longo papo e fomos dormir tarde. Estava deitado na escuridão pensando na estranha situação que estava vivendo quando a porta se abriu e Laura entrou em silêncio, visivelmente tensa, deitou-se ao meu lado e abraçou-me de um jeito que não deixava nenhuma dúvida:

– Desculpa, mas já me acostumei a dormir aqui, além de estar cansada de ficar sozinha.

Assim aconteceu o que nunca deveria ter acontecido. Não imaginava que na minha idade poderia passar por uma experiência assim. De repente, senti-me forte e com vontade e alegria de viver. Nos primeiros meses com Laura não me dei conta, ou melhor, não queria me dar conta de que aquela felicidade não duraria muito. Queria viver sem pensar no futuro, aproveitando cada momento e cada dia ao máximo.

Com o tempo, porém, comecei a me sentir culpado: estava me intrometendo na vida de Laura, impedindo que ela arranjasse alguém com quem pudesse ter filhos e um relacionamento mais longo e menos complicado. Por mais feliz que ela estivesse naquele momento, em poucos anos eu me tornaria um velho caquético, e ela, minha enfermeira. Estava sendo egoísta e, sem querer, prejudicava uma pessoa muito querida. Sentia que precisava interromper o relacionamento o mais rápido possível, a despeito da infelicidade que experimentaríamos em um primeiro momento.

Três meses depois do meu retorno a Maués, ainda estava lá e sequer fazia menção de voltar a Manaus. Àquela altura todos já sabiam do meu caso com uma garota de 20 anos, e meus amigos de xadrez e tênis deviam discutir com entusiasmo o tamanho dos chifres que iriam ornar minha cabeça em poucos anos. Muito mais sério era o problema com Daniel e Sara, e a reação da família inteira. Algo tinha que ser feito.

Acho que até então Laura não desconfiava desse conflito interno. Era comovente ver a felicidade estampada no rosto dela. Em um momento de muita intimidade e cumplicidade, ela sussurrou no meu ouvido:

– Quero ter um filho teu!

Não respondi nada naquela hora, mas me achei na obrigação de explicar que, por razões óbvias, não queria mais filhos. Seria algo irresponsável da minha parte. Na minha idade não seria um bom pai, não daria uma educação adequada, minha família não iria gostar nada disso, e ainda prejudicaria Laura. Não faltavam razões. Esse meu comentário gerou nossa primeira e última briga:

– Não se preocupe que eu saberei cuidar do meu filho! – Laura respondeu ofendida.

– Não diga uma besteira dessas! – respondi alarmado.

Mesmo depois dessa conversa, que não deixava mais dúvidas quanto à urgência das minhas decisões, continuei protelando como podia, até que em setembro de 1993 chegou a triste notícia da morte prematura do meu irmão, vítima de um derrame cerebral fulminante, que acabou provocando um acidente no trânsito. Aquilo me deixou arrasado, triste e preocupado. "Alguma coisa assim pode me acontecer", pensei deprimido. Como ficaria Laura? E se ela engravidasse mesmo? Não dava mais para esperar! A vida de Laura era mais importante que meus caprichos.

Como sempre, quando tinha um problema mais sério, pedi ajuda ao meu amigo Salvator – no meu íntimo, ele ainda me acompanha –, mas daquela vez ele permaneceu em estranho silêncio. Discuti o problema com Magaldi, e ele concordou que a situação era insustentável. Só então reuni coragem e fui conversar com Laura. Foi uma conversa muito mais difícil do que poderia imaginar. Repeti todos os meus argumentos, pedi um tempo e contei que estava indo para Israel dar apoio a meus familiares. Ela poderia ficar na fazenda pelo tempo que quisesse. Na volta de Israel, conversaríamos de novo. Ela chorou, e eu senti uma vontade enorme de voltar atrás, mas consegui me segurar, e assim, meio às pressas, interrompi um conto de fadas que não poderia terminar bem.

Com vontade de esquecer tudo, viajei a Israel para visitar Ester, viúva do meu irmão, e o filho dele, Dov, com quem tive pouco contato. Ester era artista plástica de algum sucesso, ainda morava no *kibutz*, onde era muito querida, e não pretendia se mudar. Dov era estudante de engenharia em Jerusalém, que não ficava muito longe. Para eles a vida continuava como antes, mesmo sem David, e isso me fez pensar que não fazemos muita diferença neste mundo.

Impaciente, ainda com Laura na cabeça, encurtei a minha estada em Israel e fui à Bulgária. Passei poucos dias em Sofia, contratei um senhor cigano, que sempre ficava na porta do cemitério, para cuidar da sepultura dos meus pais e avós, visitei o túmulo de Salvator e resolvi passar por Viena, onde Max Haim se encontrava muito doente, com sérios problemas respiratórios. No hospital de Viena batemos um longo papo, e relatei minha história de amor com Laura.

Max pensou um pouco e, ofegante, se agitou na cama:

– Acho que me lembro dela durante nossa estada em Maués. Ela sempre ajudava os pais. Era uma adolescente muito bonita e educada, parecia uma indiazinha com seus olhinhos puxados, cabelos negros e pele morena. Nunca a esqueci.

– Agora ela é uma linda mulher. Acho que é muita areia para meu caminhão velho – tentei brincar. – Nunca deveria ter deixado as coisas chegarem a este ponto...

– Licco, meu amigo, você está jogando fora a grande sorte! Está completamente errado! Não pense em mais ninguém, apenas em você e nessa moça. Volte para ela e seja feliz até onde puder – censurou-me Max. – Dois mil anos atrás, o poeta romano Horácio já ensinava a importância de aproveitar o momento presente, o famoso *carpe diem*, em reconhecimento à brevidade da vida, *memento mori*. Pelo que entendi, você ainda tem algum patrimônio: deixe-o para ela e não se preocupe com o tamanho dos chifres! As mulheres virtuosas, como contam os livros sagrados, sabem se comportar com dignidade. Vai logo, homem! Só temos uma vida!

Acho que era isso que eu queria ouvir. Viajei no dia seguinte e, chegando a Manaus, só troquei de avião e continuei viagem para Maués. Já na fazenda, encontrei a casa trancada, e o caseiro contou que Laura tinha viajado para algum lugar sem avisar quando voltaria. Transtornado, procurei por ela em Maués, contratei detetive em Manaus e também no Rio de Janeiro, cidade preferida dela, mas ela nunca apareceu.

Pouco tempo depois recebi de Nissim Michael a notícia do falecimento do meu amigo Max Haim. "Ainda cheguei a tempo para o enterro dele", Nissim escreveu. "Como você sabe, a família dele foi toda dizimada no campo de concentração, e ele não tinha parentes próximos. Também nunca casou e não tinha filhos. De certa forma, nos últimos anos, Maria Luiza e eu éramos a família dele. Ele vinha nos visitar em Madrid, e nós o visitávamos em Viena. Por isso minha presença foi tão importante", narrou.

Não foi fácil absorver mais aquele golpe e pensei comigo mesmo: "A sorte grande, aquela que Max tinha se referido na última vez que estivemos juntos, me abandonou em definitivo".

Mas o mundo continuou a girar. Contrariando as teorias sobre o fim da História, de lá para cá foram muitos fatos novos. Em Israel, um extremista louco matou Yitzhak Rabin e frustrou as negociações de paz no Oriente Médio. Sem Rabin, faltou a Israel um líder de peso que pudesse dar e receber concessões com autoridade. A paz ficou ainda mais distante.

Seis anos depois, quando o tédio parecia dominar a História, aconteceu o atentado de 11 de setembro, que foi um súbito impulso na criação de novos conflitos. Os Estados Unidos, ignorando as lições da Guerra do Vietnã, envolveram-se não apenas em uma, mas em duas guerras, com todas as consequências desastrosas disso.

Se quiser gastar muito dinheiro, dizem os sábios, o jeito mais prazeroso é com as mulheres, o mais divertido é na mesa de jogo, e o mais eficiente é, sem dúvida, fazendo guerra. Enquanto isso, os países do Leste Europeu, que tinham iniciado seu caminho de recuperação econômica após a queda do Muro de Berlim, ficaram pelo meio do caminho, longe da prosperidade. Por causa da herança pesada e dos antigos vícios, ainda vai demorar um tempo antes que a Bulgária, o lugar tão encantador da Europa onde nasci e passei grande parte da minha juventude, se torne um lugar justo, próspero e bom para viver. Esse dia já está muito mais próximo, mas para várias gerações será tarde demais.

Mesmo com minha idade avançada, não deixei de acompanhar a vida política, econômica e cultural do Brasil. Nos últimos dezesseis anos, a economia do país melhorou muito, sobretudo com a vitória sobre a inflação. As instituições democráticas também se firmaram e ganharam musculatura. Apesar disso, continuamos com crescimento pífio, em especial por causa da excessiva presença do governo na economia. A realidade do mundo globalizado se parece cada vez mais com uma corrida de Fórmula 1 e, por enquanto, nossa Ferrari não é muito competitiva.

A grande surpresa dos últimos anos foi a eleição de Dilma Rousseff. Berta teria ficado duplamente feliz: uma mulher e ainda com origens búlgaras! Os tempos estão mudando mais rápido do que podemos imaginar, e as mulheres vêm com força e determinação para ocupar o espaço que lhes pertence. Torço para que ela consiga se desvencilhar da sombra do seu antecessor e faça a reforma fiscal, política, administrativa e social de que nosso país tanto precisa. A fase de assistencialismo demagógico, associado a impostos altíssimos e um governo tão pesado, que não aguentamos mais carregar, está se exaurindo rápido, e Dilma vai precisar promover a produtividade, a racionalidade e a meritocracia que nos faltam.

Depois que Laura foi embora, quase abandonei a fazenda, nunca mais fui até lá, e meus investimentos na plantação minguaram. Meu vizinho Zanoni conseguiu cultivar muito mais árvores que eu em sua plantação. Ainda esbocei uma reação quando, em 2010, o pau-rosa foi declarado espécie protegida de acordo com a Cites, convenção internacional que impõe padrões para assegurar a preservação das espécies. Comemorei, porque finalmente o modelo de exploração sustentável para produzir óleo de galhos e folhas por meio das plantações seria incentivado.

No entanto, por causa da burocracia excessiva, ficou claro que não se podia garantir um suprimento adequado ao mercado. Desolado, assisti aos fabricantes de perfumes e cosméticos retirarem o óleo de pau-rosa das suas fórmulas. Fiquei triste e revoltado, porque se as plantações tivessem sido aproveitadas de maneira adequada, teríamos preservado a espécie e o imenso potencial econômico dela. Teria sido um tremendo incentivo para plantar mais! Por parte dos ecologistas selvagens, faltou entender que a pobreza e a falta de atividade econômica são os piores inimigos do meio ambiente.

Olhando para trás, meu balanço particular não é nada mal, mas é inegável que com o tempo vou perdendo a alegria de viver. Na minha idade, a gente se despede de alguma coisa todos os dias: da qualidade de vida, de alguém do nosso convívio... Na verdade, agora sobramos só Nissim, em Madri, e eu, em Manaus. Após perder Maria Luiza, ele está cada vez mais triste e deprimido. De vez em quando trocamos e-mails e, para minha grande surpresa, descobri que agora, perto do fim, ele voltou à religião que tinha abandonado anos atrás.

Os amigos e companheiros de tantos anos de trabalho, de tênis e de xadrez foram desaparecendo pouco a pouco, e eu, apesar da atenção dos meus familiares, fui ficando cada vez mais solitário.

Ainda procuro me manter ocupado com meus livros e a infinita variedade de músicas desse iPod que ganhei dos meus filhos e nem sempre é fácil operar. É comum me presentearem com essas coisas modernas e até com algumas cópias das pinturas do Romero Britto, destaque da pintura brasileira. Fico encantado com as cores fortes, quase berrantes, que espelham a alma alegre do nosso país.

Uma surpresa chamada Rebeca

Em meio à solidão, um fato inesperado sacudiu minha vida e me deu um novo estímulo. Estava em casa, sentado no meu pátio preferido, pegando uma brisa que dava alento do calor, com o Quilate, meu velho pastor alemão, deitado ao meu lado, quando ouvi a campainha. Terezinha e Quilate foram atender, e pouco depois vi entrar um senhor calvo, alto e com ares de militar aposentado. Imaginei que se tratava de uma pessoa do interior do estado.

– Doutor Licco, este é o professor Antenor, de Tefé. Ele insiste em falar com o senhor a sós – disse Terezinha e saiu.

Sem falar nada, senhor Antenor abriu uma pasta, tirou algumas fotos e as passou para mim. Olhei sem entender nem me interessar, quando senti uma punhalada no coração. As fotos eram de Laura, algumas de muitos anos atrás, outras mais recentes, quase todas com Antenor e uma menina. No meio delas, vi uma fotografia minha de quarenta anos atrás.

– Conhece essa pessoa? – Antenor perguntou.

– Conheço – respondi com voz rouca. – Onde ela está?

– Ela foi minha esposa por quase 20 anos. Faleceu no mês passado. Tivemos um surto de dengue hemorrágica em Tefé, e ela foi uma das primeiras pessoas a pegar. Era a terceira vez em dois anos, e ela não resistiu – contou, baixando a cabeça. – Antes de falecer, ela me pediu que o procurasse se alguma coisa acontecesse com ela. É que nós temos uma filha, Rebeca – a voz dele ficou embargada, as palavras saíam com dificuldade, e eu mal conseguia entender o que estava acontecendo. – Rebeca é minha filha, mas na verdade o senhor é o pai biológico.

Fiquei atônito. Pensei por um instante que aquele homem queria me extorquir. "Não! Não deve se tratar de chantagem!", pensei. Ele parecia uma pessoa direita; além disso, ninguém no mundo poderia fingir tão bem. O senhor Antenor estava quase chorando. Pedi que contasse a história toda.

– Conheci a professora Laura numa escola municipal em Maués. Era novembro de 1992, portanto dezoito anos atrás, e eu passava uma temporada naquela cidade. Fiquei encantado na hora: ela era uma excelente professora, além de muito bonita. Procurei me aproximar e logo percebi que estava triste, muito carente e preocupada com alguma coisa. Foi fácil conquistar a amizade dela, porque também sou professor e tínhamos muitas coisas em comum. Ela demorou a se abrir, mas terminado o ano letivo, no início de dezembro, quando me preparava para viajar a Belém, ela me procurou e perguntou se poderia ir comigo. Queria sair de Maués de qualquer maneira, e entendi que se tratava de algum amor não correspondido ou algo assim – contou Antenor. – Pouco a pouco, ela começou a confiar em mim, até que um dia, já em Belém, chorou e me contou que estava grávida. Àquela altura, completamente apaixonado, respondi que a amava e a queria assim mesmo e aceitava a criança como minha. Em março nos casamos, mas confesso que demorou muito tempo para ela se recuperar e me amar – o professor abaixou a cabeça. – Acho que isso só aconteceu depois do nascimento de Rebeca, que foi muito problemático. Tanto Laura quanto a bebê correram risco de vida, mas, para nossa sorte, mãe e filha sobreviveram. Passamos dois anos em Belém, depois nos mudamos para Santarém e acabamos nos estabelecendo em Tefé como professores concursados. E lá que Laura está enterrada e onde Rebeca e eu ainda moramos.

Ele ainda contou que Rebeca tinha 17 anos, já havia feito vestibular e fora aceita no curso de letras na Ufam. Ela sempre soube que Antenor não era seu pai biológico e às vezes queria saber quem era, mas ele e Laura preferiam não tocar no assunto.

– Laura nunca escondeu de mim a identidade do pai, e eu sabia que ela ainda mantinha algum interesse no senhor e, de alguma maneira, conseguia notícias suas.

– Por que nunca me procuraram, Antenor?

– Laura não queria de jeito nenhum, e eu ainda menos. Acho que de certa maneira, mesmo à distância, ela continuava admirando o senhor. Não me incomodava tanto, era raro sentir ciúmes, porque ela sempre deixou claro que eu era o homem da vida dela – Antenor respondeu orgulhoso, e fui eu quem sentiu ciúmes. – Um pouco antes de morrer, ela me pediu que falasse com o senhor e contasse a verdade, caso algo acontecesse com ela. Ela queria que o senhor tivesse a chance de conhecer a sua... a nossa filha.

– Onde ela está? Claro que quero conhecê-la.

– Ela está no hotel, mas eu poderia voltar com ela esta tarde. Só tem mais uma coisa: não importa o que acontecer, ela continua sendo minha filha – Antenor completou.

Senti um grande respeito por aquele homem. O que ele estava fazendo naquela hora não era comum, e eu sabia que cada palavra lhe custava muito caro. A história dele era verdadeira, e mal pude conter a ansiedade de conhecer minha filha. Ainda passou pela minha cabeça que não seria fácil explicar essa nova situação para Daniel e Sara, que tinham acabado de ganhar uma irmã, muito mais jovem que os filhos deles.

Naquela mesma tarde, ainda muito nervoso, conheci Rebeca. Bastou um único olhar para saber que era mesmo filha da Laura, mas tinha alguma outra coisa familiar que não conseguia identificar. Rebeca também estava pouco à vontade, apertamos as mãos ainda sem jeito, e percebi que estava me examinando. A conversa avançava com dificuldade, pontilhada por amenidades, até a hora que ela perguntou:

– Senhor Licco, talvez o senhor possa explicar por que meu nome é Rebeca.

Naquele mesmo instante entendi o que era tão dolorosamente familiar naquela jovem: ela tinha aquele mesmo olhar do meu pai, que tinha sido também a marca registrada do meu irmão David. Não tinha necessidade de fazer exames de comprovação de paternidade, ela era minha filha.

– Rebeca? Rebeca, minha querida, foi o nome da minha mãe.

Não consegui conter as lágrimas e senti uma grande fraqueza quase igual àquelas do meu tempo de malária. Naquele momento o gelo entre nós derreteu, e Antenor e Rebeca, apavorados, tentaram me socorrer. A duras penas consegui me recompor, e ainda vi Rebeca com os olhos cheios de lágrimas.

– Quando você nasceu?

– Nasci em 3 de maio de 1993.

"Então, quando nos separamos, no início de novembro, Laura já sabia que estava grávida", pensei.

Triste e abalado por mais essa notícia arrasadora, permaneci calado com a minha dor.

Não foi fácil contar a história para Daniel e Sara, que ficaram bastante surpresos, como não poderia deixar de ser. Talvez por ser juíza e conviver com muitos casos diferentes todos os dias, Sara até que entendeu e aceitou com mais facilidade. Daniel demorou mais e insistiu que fosse feito o teste de DNA. Todos acharam estranho essa novidade ter vindo à tona quando Rebeca já era adulta. Achei interessante a rápida aceitação por parte dos meus netos, que fizeram até piadas bem-humoradas. Organizamos um grande Shabat na casa da Sara, e apresentei Rebeca a toda a família. Fico admirado com como as gerações mais novas são tolerantes para esse tipo de acontecimento. Embora Rebeca seja católica e todos os da minha família, judeus, para meu deleite o entrosamento foi imediato. Sinal dos tempos! Pouco mais tarde Daniel me chamou e disse:

– Papai, não há necessidade de fazer o teste. Ela é muito parecida com você. Fica a seu critério.

Fiz questão de fazer o teste para afastar qualquer problema futuro. Oficialmente Rebeca continuava sendo filha do Antenor, mas também fazia parte da nossa família. Assim achamos uma solução salomônica, que agradasse a gregos e troianos.

Menos de um mês depois, Rebeca aceitou meu convite e se mudou para a minha casa no centro de Manaus. Ficava mais perto da faculdade, o que era muito bom para ela, e, ao mesmo tempo, me fazia agradável companhia, como a mãe dela tinha feito vinte anos antes.

Então percebi que minha longa e acidentada vida merecia ser contada aos meus filhos Daniel, Sara e Rebeca, aos quatro netos, Berta, Samuel, Ilana e Eli, aos seis bisnetos e àqueles que vêm depois. A família, que Berta e eu iniciamos com tanto amor 68 anos antes, em Istambul, tinha prosperado e se multiplicado.

Demorei meio ano para escrever este meu relato. Recordei-me e emocionei-me com muitas coisas, que pareciam esquecidas para sempre. Tentei contar a minha história de forma simples e despretensiosa, na qualidade de homem comum que tomou parte ativa dos acontecimentos. Por isso o ato de escrever foi tão prazeroso.

Agora só falta um detalhe: a minha despedida de Maués. Daniel e Sara são contra essa minha invenção e querem que espere até que um deles possa viajar comigo, mas não tenho tanto tempo. Então, lembrei-me mais uma vez do meu amigo Salvator que, certa vez, no campo de trabalhos forçados, entre uma febre e outra, tinha comentado:

– Licco, meu amigo, se pudesse voltar atrás e viver a minha curta vida de novo, admiraria muito mais vezes o pôr do sol e o nascer da aurora, aproveitaria muito mais as coisas boas da vida e faria muito mais *mitzvot*! Mas também cometeria muito mais travessuras.

Era isso mesmo! Agora eu sabia o que tinha que ser feito: uma última travessura. Rebi Shimon, me ajude a chegar em Maués!

Este é o fim da minha história. *Quod scripsi, scripsi.* O que escrevi, está escrito!

Epílogo

Os dois envelopes

O telefone tocou de madrugada, e Rachel atendeu. Ainda sonolento, Daniel escutou de longe uma conversa bem agitada e logo percebeu que alguma coisa estranha estava acontecendo. Em seguida, Rachel o chamou e se apressou a falar:

– Daniel, seu pai saiu de casa ontem de manhã e ainda não voltou. A Terezinha está apavorada.

– Como foi que ele saiu? Ele não dirige mais. Não pode ser que não tenha deixado nenhum recado sobre aonde iria ou quando voltaria. Precisamos descobrir.

Daniel se vestiu apressado e correu para a casa do pai, onde já estavam Sara e Rebeca. Formou-se um verdadeiro conselho de guerra. Terezinha contou que Licco tinha saído com o senhor Joaquim, o taxista que o servia com frequência, e ainda tinha levado Quilate.

Daniel tentou ligar para o celular do Joaquim, mas estava fora de área. Telefonou então para a casa do motorista, e a esposa informou que ele tinha viajado por alguns dias para o interior.

“Pelo menos estão juntos e ainda tem o Quilate para fazer companhia”, Daniel pensou.

Então Sara riu:

– Aposto que ele está em Maués. Vamos ligar para Magaldi.

– Mas é claro! Ele foi se despedir da fazenda que tanto ama e ainda levou Quilate, que nasceu lá e também já está velho à beça. – Agora Daniel sabia exatamente o que estava acontecendo.

Telefonaram para o celular de Zanoni Magaldi, que logo atendeu. Não disse nada, só passou o telefone para outra pessoa. Daniel ouviu a voz tão conhecida do outro lado, não se conteve e gritou:

– Papai, você não pode fazer isso! Está nos matando do coração.

– Não posso falar agora, porque estamos embarcando na lancha para Itacoatiara. Amanhã chego em Manaus. Não se preocupe comigo, estou muito, muito feliz!

– Sara e Rebeca, vou para Itacoatiara esperar pelo bode velho – disse Daniel. – Querem vir junto? São só três horas de carro.

Três horas que pareceram uma eternidade. Quando encontraram Licco algumas horas mais tarde, no porto de Itacoatiara, ele já estava com febre alta e não conseguia se locomover.

– Ontem à noite ele estava muito agitado, e várias vezes repetiu que estava muito feliz. Ainda conseguiu andar entre as árvores da plantação de pau-rosa, depois ficou sentado no terraço contemplando o rio e a praia por muito tempo – contou Joaquim. – Não queria ser perturbado por ninguém. De longe, parecia que conversava com algum interlocutor invisível. À noite, abriu uma garrafa de vinho, tomou um gole e entregou o resto para o caseiro. Ainda folheou alguns livros antigos que estavam na prateleira, balbuciou alguma coisa sobre umas flores perdidas e depois foi dormir – continuou o motorista. – Quilate também estava agitado. No começo até se desentendeu com o outro pastor alemão que vivia na fazenda, irmão dele, mas parece que os dois se reconheceram e, já amigos, foram tomar banho no rio. O caseiro contou que os dois eram descendentes de Quixote, um excelente pastor alemão trazido para a fazenda por dona Berta muitos anos antes. – Estavam todos atentos às palavras de Joaquim, o leal motorista que havia acompanhado Licco até ali. – A noite transcorreu sem problemas. De manhã Zanoni veio nos buscar, visitamos sua plantação e depois iniciamos a viagem de volta. Foi quando vocês telefonaram. Ele se despediu de Zanoni, entramos no barco e ele cochilou um pouco. Quando acordou, teve um acesso de tosse e começou a passar mal. A febre foi subindo e agora deve estar bastante alta.

Apesar dos remédios, a febre não cedeu; os médicos detectaram uma pneumonia dupla, que não respondia a tratamento algum. Dois dias mais tarde, Licco faleceu com uma expressão de paz e com o que parecia um leve sorriso no rosto.

Enquanto os familiares e os amigos sentavam de *abel*, tradicional cerimônia judaica de pesar, o velho Quilate continuava deitado ao lado da cadeira de Licco. Não tinha mais forças para se levantar nem para se alimentar.

– Quilate está nas últimas, não vai durar muito. Às vezes solta uns uivos que me partem o coração. Papai realmente era o único dono dele – lamentou Daniel.

– Nos últimos meses, Licco passava horas e horas escrevendo no computador. Na semana passada, levei-o ao escritório da Berimex para imprimir um texto bem comprido. Perguntei brincando se era a tese de doutorado dele, ele riu e disse que, de certa maneira, era exatamente isso – divertiu-se Rebeca. – Eu o vi guardar esses papéis no cofre.

Daniel, Sara e Rebeca se dirigiram ao pequeno escritório e abriram o cofre antigo, ainda do tempo dos ingleses. Ali se depararam com dois envelopes, um fino e outro bem grosso.

Daniel abriu primeiro o envelope menor e leu:

Meus queridos,

Quando lerem esta carta, já não estarei mais com vocês. Quero insistir que a força vem pela união, por isso quero vocês unidos para sempre. Embora oficialmente Rebeca não seja uma Hazan, ela é minha filha e faz parte da nossa família. Espero dos meus filhos, netos e bisnetos que vivam em paz e harmonia e que se ajudem para o que der e vier. Lembrem-se de que seus primos Oleg e Dov e seus descendentes também fazem parte do nosso clã.

Não aprecio grandes demonstrações de pesar, portanto basta que se lembrem das minhas nahalot *e digam um* kadish *todos os anos.* Daienu!

Todos os nossos negócios já estão em nome de Daniel e de Sara, e por esse motivo quero deixar minha casa para Rebeca. No banco tenho dois fundos, resultados da venda recente dos banhos que Berta e eu compramos nos anos 1970 e que atingiram preços estratosféricos. O maior fundo gostaria que servisse para a educação de Rebeca, dos meus netos e bisnetos em universidades de primeira grandeza e o menor deles quero deixar só para a Rebeca.

Gostaria que a nossa plantação de pau-rosa em Maués fosse dividida em partes iguais entre Daniel, Sara e Rebeca. Ainda tenho esperança de que um dia a produção de óleo volte a ser importante para a Amazônia. O bom senso há de prevalecer.

Boa sorte a todos! Tenham paciência e leiam com atenção o relato da minha vida, que se encontra no outro envelope. Espero que lhes seja útil na árdua tarefa de enfrentar os desafios do futuro com entusiasmo, responsabilidade e sabedoria.

Que a bênção de Deus vos acompanhe na vida! Seu pai, avo e bisavô que os ama muito.

Licco Hazan

Então Sara abriu o segundo envelope, de lá tirou várias folhas unidas como em um livro e leu:

No outono da minha vida, antes que as doenças e a senilidade me calem...

Glossário

Abel
Luto nos primeiros dias após a morte.

Aliyah
Retorno a Israel.

Aljama
Gueto judaico.

Avenida dos Justos Entre as Nações
Localizada no memorial Yad Vashem, via onde está plantada uma árvore para cada pessoa que ajudou a salvar vidas durante a Segunda Guerra Mundial, como Schindler e outros.

Aviador
Comércio de venda a crédito no interior do estado, no vocabulário amazônico.

Bar Mitzvah
Cerimônia de maioridade religiosa para o menino judeu de 13 anos.

Brit milá
Cerimônia da circuncisão.

Capablanca
José Raúl Capablanca, enxadrista cubano, campeão mundial por quase uma década nos anos 1920.

Daienu
Expressão que quer dizer “para mim, é o que basta”.

Diáspora
Dispersão do povo judeu ao redor do mundo.

Draga escariante
Estrutura flutuante destinada a revirar o leito do rio e retirar, por meio da sucção de uma bomba de dez polegadas, cascalho e areia do fundo do rio, criando uma cratera enorme com trinta metros de profundidade. O material sugado é processado, e o ouro, retirado na própria embarcação, que também serve de moradia para os garimpeiros.

Essel Abraham
Sinagoga em Belém. Em português, Pousada de Abraão.

Fofoca
Garimpo flutuante.

Chanuká
Festa das luzes.

Hazan
Cantor da sinagoga.

Hehal
Armário em que se guardam os rolos da Torá.

Hochdeutsch
Variante sofisticada da língua alemã, falada pela elite.

Ibama
Instituto Brasileiro do Meio Ambiente e dos Recursos Naturais Renováveis.

Iídiche
Língua falada pelos judeus de origem russa, polonesa e da Europa Central.

Inpa
Instituto Nacional de Pesquisas da Amazônia.

Judería
Bairro judaico na Península Ibérica.

Kadish
Prece para os mortos.

Kibutz
Cooperativa típica de Israel, onde tudo é dividido de acordo com as necessidades de cada um, seguindo os princípios socialistas.

Kol nidrei
Uma das principais orações do Yom Kipur.

Ladino
Língua falada pelos judeus de origem ibérica.

Mazel tov
Expressão que quer dizer "boa sorte".

Minyan
Quórum de dez judeus.

***Mitzva* (pl.: *Mitzvot*)**
Boa ação.

Nahalot
Aniversário de morte.

Patriarca
Líder da igreja ortodoxa.

Pessach
Páscoa judaica, que celebra a fuga dos hebreus da escravidão no Egito no ano aproximado de 1280 a.C.

Rebi Shimon
Rabino que viveu na Idade Média considerado milagreiro por muitos judeus marroquinos.

Regatões
Comerciantes ambulantes.

Reichstag
Parlamento alemão.

Rosh Hashaná
Ano-novo judaico.

Sefaradita
Judeu de origem espanhola. *Sefarad*, em hebraico, significa Espanha.

Sefarim
Rolos sagrados da Torá.

Shaar hashamaim
Expressão que quer dizer "porta do céu".

Shabat
O sábado, dia de descanso semanal no judaísmo.

Shaliah
Oficiante, cantor e leitor das escritas bíblicas.

Shalom
Paz.

Shofar
Berrante de carneiro usado em cerimônias religiosas.

Sucot
Festa dos tabernáculos, celebrada no começo do outono.

Sveta nedelja
Igreja de Santo Domingo.

Torá
Livro sagrado do judaísmo.

Ufam
Universidade Federal do Amazonas.

Yom Kipur
Dia do perdão, que ocorre dez dias depois do Rosh Hashaná.

Agradecimentos

Muitos cooperaram na elaboração deste livro. O incentivo da Nora, minha melhor amiga e primeira leitora, dos meus filhos Denis, Ilana e David e dos meus netos Samuel e Eli foi fundamental. Meu irmão Slavko e meus primos Salvator e Max também ajudaram muito na criação desta mistura de ficção com realidade.

Não poderia deixar de agradecer à Lilian Álvares e ao Professor Rincón. Sem a colaboração e o estímulo apaixonado deles, nada disso teria sido possível.

Ilko Minev nasceu em 1946 em Sofia, Bulgária, mas, por viver há mais de 40 anos no Brasil, sente-se um brasileiro nativo. É, por suas contribuições para a sociedade amazônica como respeitado empresário, "Cidadão Honorário de Manaus", onde vive. Antes de vir ao Brasil, Ilko recebeu asilo político na Bélgica, por ser dissidente político; foi lá que estudou Economia. Tornou-se escritor aos 66 anos, depois de se aposentar de uma carreira executiva. Suas obras buscam redimensionar a importância de eventos históricos marcantes na vida do autor, transcendendo nacionalidades, mas sem perder a influência de suas raízes judaico-búlgaras e seu amor pelo Brasil.

Fontes TIEMPOS, MARK PRO
Papel PÓLEN SOFT 80 G/M²